大苍狼

张行健◎著

山西出版传媒集团
北岳文艺出版社
BEIYUE LITERATURE & ART PUBLISHING HOUSE
—太原

图书在版编目(CIP)数据

大苍狼 / 张行健著. — 太原 : 北岳文艺出版社, 2023.9

ISBN 978-7-5378-6782-5

Ⅰ. ①大… Ⅱ. ①张… Ⅲ. ①长篇小说—中国—当代 Ⅳ. ①I247.5

中国国家版本馆CIP数据核字(2023)第185063号

大苍狼 张行健 / 著

//

出 品 人:郭文礼
总 策 划:汪恒江
策划编辑:董江波
责任编辑:赵 勤
助理编辑:张舒雯
复 审:张 丽
终 审:古卫红
宣传运营:刘思华
董江波
印装监制:郭 勇
装帧设计:

出版发行:山西出版传媒集团· 北岳文艺出版社
地址:山西省太原市并州南路57号
邮编:030012
电话:0351-5628696(发行部) 0351-5628688(总编室)
传真:0351-5628680
印刷装订:山西万佳印业有限公司

开本:890 mm × 1240mm 1/32
字数:146千字
印张:7.75
版次:2023年11月第1版
印次:2023年11月山西第1次印刷
书号:ISBN 978-7-5378-6782-5
定价:59.00元

目录

第一章　狼行拂晓，山村恐慌

杆子一个激灵就醒来了。

杆子还是披衣起炕了，他步出窑门，土院已麻麻亮。他完成着每日晨起的三件事：上茅厕、看猪娃、洗脸，随后准备出工。在古塬，杆子是那种勤恳的庄稼人，每日清早，不用钟声催，他的两条细长的腿，带动两只细长的脚，踩着钟声去场院。这会儿，土院里出奇的静。今儿的静让杆子觉着蹊跷。平时上茅厕时，一墙之隔的猪圈里，那头半大猪娃子听到丁点儿声响就哼哼唧唧，在圈里走动不止。而此刻，杆子的一泡长尿淋过，哗哗啦啦的声响，圈里的猪娃对这声响居然无任何回应。

杆子忽地觉着心里慌慌的，一缕不祥朝他袭来。他三两步跨到猪圈边，朝着低矮的猪圈唤着：

啰啰啰……

啰啰啰……

没有应答，圈棚也一片沉静。

杆子惊慌地跳进圈里，将一颗干瘪的长脑袋探进圈棚去看——

哪里还有猪娃，连根猪毛也没剩下。

杆子的心，像被人猛揪了一下，掏了一下，空空如此时的圈棚。他不甘地跳回院里，企图在角角落落里，能觅到黑猪的踪影。

是柴门边土墙上的一道崭新的划痕，证实了那个可怕的猜测：他家的猪已被狼叼走了，确确实实，被可恨的野狼叼走了。狼不是从柴门出去的，柴门上下扎有茂密的荆棘，是从门边稍低的土墙上跳出去的。他和女人喂养了半年的猪娃，少说也有五六十斤重，被那可恶的家伙叼着从墙头拖出去了。

哦呀呀，这可怎么得了？

杆子瘪瘪的脑袋一胀，下意识地走到窑洞的窗前，那里放有一把长长的榔头、一把笨重的铁锨和一把轻巧的耙子。他拿起长柄榔头转身要走，要去追赶拖走他猪娃的饿狼。

他对着窗纸恶喊一嗓子：还睡，死婆娘，咱家猪娃子没影嘞……

嗓音早已变了腔调，急急地，像哭。

杆子急火火地跑出院门，手中的一把长杆榔头成了他最好的武器。他向场院那边跑去，场院上头就是辽阔的塬面。

村长王社火在场院的大槐树下，正伸了右臂准备敲钟。村长忽然定格在那里，他被杆子举着榔头恶狠狠的表情弄呆了，张开的嘴巴许久没有合拢。

杆子，你这是干啥哩？

快跟我去追狼，狼叼走了我家的猪……

啊！王社火也一惊，但他没忘了自己的本职，便草草地拉了几下钟绳，就跟在杆子身后跑了起来，跑过一道长坡，就到了塬上。塬上很开阔，看得见东面浑黄的山，山叫太岳山，是太行山余脉的绵延，丘陵土峁点缀其间；也看得见南边的大沟深涧，沟是土沟，涧是石涧，陡峭的土坡石坡把沟涧连起来；当然更能看到西边和北边趋于平缓的土地，还有三三两两的村落。

在塬上的广阔里，二人一时茫然起来，叼了猪的狼会跑向哪里？朝西朝北是不可能的，那里是大片的梯状的地呀，何况还有村落；朝东朝南，大山和沟涧里，倒是野狼的好去处。

此时的晨雾已向东山和南沟里退去，把并不遥远的两处弄得颇有一些神秘。东方又泛出一片红亮，鱼肚的白色衬得塬上好空旷。

已经跑得气喘的王社火用眼窝示意杆子：该到哪里追去？

杆子的细长腿慢慢停下来，弯着水蛇腰看向光裸的土路，想在刻印有羊蹄兽爪人脚印的繁杂土路上，寻出属于狼的爪痕。

杆子失望得直起腰来，瘦长脸上却凝固着追狼的执着。他说：狼还不会跑远吧。你想，那五六十斤的猪，够它一叼一拖的了。再说，它叼走的时间也不长，是响动声惊醒我的。咱追吧，或许能追上的。

杆子就凭着直觉，往东山的小路跑去。王社火听他说得有理，运了运气，也跟上跑。

上东山的路，也是古塬村社员出工上地的山路之一。山里的地块零碎，山路自然也条条叉叉。不过，条条叉叉中，还是有一条稍宽些的主路，杆子和社火就沿了主路追去。

路上有碎石，有黑珍珠一样的羊粪蛋，还有一堆堆风干了的牛粪。二人急匆匆地跑路、爬坡，把脚下的碎石和羊粪蛋踢得咕噜噜地朝坡下滚去。坡是一截缓一截陡。王社火喘得像拉风箱，杆子的一张瘦长脸也煞白煞白的。拐过一道山弯，王社火刚要坐下来，忽听前头跑着的杆子一声惊呼：狼！快看！狼和猪娃子，那个样子跑哩……

杆子拿长柄镢头朝着前头又一道山弯坡路指去。王社火朝前一望，被远处山坡上的情景惊呆了：狗日的，怎么会这样！

山弯坡路上，狼和猪并排着跑。一只高大的灰狼嘴巴叼着黑猪的脖颈，黑猪的腰身却在灰狼的左侧。灰狼跑着，使劲甩动着身后的那条大尾巴，一下又一下，结结实实，甩打在黑猪的屁股上。猪被甩打得疼了，便没命地朝前跑，而脖颈却被狼嘴所叼，奔跑着的身躯就被灰狼指挥和操纵着……

二人大惊。以前，村里的羊呀猪呀被狼叼走了，他们都以为那是狼用嘴叼着，然后将羊或猪的身子甩在自己的腰背上驮着跑哩，就惊叹那饿狼力气贼大，六七十斤的重量背着跑山路，也真够呛。今儿目击到这一幕，让二人吃惊不小，真是长见识。

这可恨的家伙，这残忍又狡猾的家伙！在吃到猪之前，狼还会这样利用猪的力气。

相隔一道山弯，眼睛看起来似乎挺近，可人要走到那里，少说也有四五里路程，要跑到那里，得个把钟点。狼早就跑得没影了。

算了吧！王社火无奈地说。

杆子却不甘地对了山弯大喊：打狼——打狼——

狗日的家伙，放下我的猪娃！

灰狼早已听到了动静，那一条大尾巴更有力地抽打着黑猪的屁股。不一刻，狼与猪就跑进另一道山弯，消失在大山的土灰色里去了……

杆子的一张长条脸阴得要哭。他愤愤地扔掉手里的长柄橛头，骂一声：不顶个屎的用！

王社火拍拍杆子的肩膀，劝一句：算了吧，咱回吧。

杆子的一对小眼窝此时红红的，他心疼他和女人喂养了大半年的黑猪，再有四五个月就能出槽了，那可是百十块钱哩！如今，就被大灰狼这么弄走了。狼叼走了他的猪娃，就像叼走他的娃娃。杆子的心像被狼的尾巴一下一下地抽打着。他忽然狠狠地说：今儿要有一杆枪就好了，我会把灰狼的肠子打出来。

王社火想，杆子的话不是吹牛，杆子当过几年兵的呀。

第二章　青皮牧羊，与狼周旋

正是春二月，青黄不接的时候。

古塬村不足三百口的人，被缺粮和断顿困扰着。杆子家半大的猪娃被狼叼走，古塬村又罩了一层闹狼的紧张气氛。无论住土窑洞或是住房屋的，院门都照护得更严实了。木门天一黑就关得实在，柴门呢，再多扎几丛荆棘，而院墙一律是加高几许的。家家的猪圈也多了一些防范，人口多的人家，夜里就轮流着看护；人口少的家户，就想着法儿在猪圈边接个铁夹子之类的东西。因防范严密，个把月里，古塬村便恢复了往常的宁静，日子也成了惯常的样子。

青皮是古塬村的羊倌，整日放牧着社里的一群山羊和绵羊。

青皮是单身，因为穷，三十大几了说不下媳妇，成了村里的光棍汉。但他却不发愁，整天乐呵呵地。他喜欢羊，把山羊和绵羊当成他最好的伙伴。他勤恳，放羊又上心，青黄不接的日子里，山羊和绵羊的膘，没一只掉下去。明眼人一看就知道，瘦羊的毛是干干的、零散的，肥羊的毛是柔柔的、顺溜的。青皮的羊群里有四十多只羊，每一只的毛都顺顺溜溜的。

因为这，村长王社火在社员大会小会上，隔三岔五就要表扬青皮一回。

日头从东山山顶一蹿一蹿地上来了，雾气被崭新的日光逼迫到了古塬南边的沟涧里。雾气一退，潮气被蒸，原野里就寻不到一丁点儿露水了。

每日这会儿是青皮出牧的好时光。长长的牧羊铲一扬，白的黑的花的羊们，就欢快地铺陈在山路上了。

> 东坡里走着一群白搭子白，
> 脑袋上顶着两根干硬的柴，
> 口子里哼着呐哞声，
> 尾巴下蹦出黑豆子来……

悠悠山曲儿，从青皮的嘴里飞出，在细细的弯弯的山路上缠绕，把清瘦的山，唱得生动起来。

羊儿听惯了青皮的歌儿，顺从地跟着头羊走，扑扑地，不用驱赶。羊们走得很快，它们心里明白，走到远处的阳坡上，就可啃吃新草的萌芽，就可拣吃旧年的干草儿。

今天，青皮赶着羊群，跑到了土峁顶上。这里距古塬是有些偏远了，却是长草的好地场。一夏一秋里，丰茂的百草没人的腿膝，一冬一春呢，便有了上好的干草。羊只有吃掉地表的干草，新草的萌芽才能欢快地长出。

羊群一到这里，都把脑袋探进干而柔软的草里，很专注地啃吃，一条条短尾巴摆着晃着，晃出许多的悠然。不时有受惊的野兔儿，倏忽间从草丛里蹿出，箭一样射向山峁的另一边了。青皮知道，再过一段时日，就有各样的草们“噌噌”地长起来，那可是羊们的美食了。有嫩嫩的鲜鲜的各样的花儿，在草丛里开得灿烂，多种怪怪的叫不出名的树，还有类似树的东西，都在土峁上有一个属于它们的姿势。

羊群啃吃草的时候，头羊就显得有几分迷茫，因为无须它带头引路了，便扬起硕大雄壮的脑袋，将那标志着强悍雄性和英武无比的双角，不甘寂寞地一扬，随后就三心二意地吃吃草，转悠转悠。

山峁上的天，出奇的蓝，山风和草禾们亲切地磨合着。山鸟和山草一样多，灰色的、黑色的、黄色的和大红色的，在空中划出一道道多彩的弧。清脆和悠扬的啼唤，把山坡唤出一派祥和。

青皮不像其他的牧人，趁了这大好日光暖暖地打盹儿。他每每深情地注视着他的羊群，看它们吃草的样儿，听它们嚼草的声响，就从心底感激这些羊们，是它们，才使得青皮有了这个美差，有了这份活计。即使给羊圈里填土、从沟底给石槽里挑水、出羊圈剪羊毛，夏日在石涧的水沟里给羊洗澡的这些苦活儿累活儿，青皮也干得乐意干得卖力。他爱这些羊呀，没法子。

羊群也有不听话的时候，常在那缺草的地段，附近又有绿绿的庄稼的诱惑时，嘴馋的和胆儿大的羊便不会老实，乘人不备，会窜到地边，探出嘴来，想偷吃几口。

每到这时，青皮会分外警惕，看到蠢蠢欲动的羊只，便用长长的牧羊铲去警告。牧羊铲有细长的木把，头上安一铁铲，青皮用它铲一块土疙瘩抡起来，用力一甩，就那么随意地一甩，土块就落到了羊的脑袋上，便断了它偷吃的念头。

青皮抡铲砸物的本领让古塬村人对他产生敬畏，村长王社火曾让他表演过。山坡的另一边，有一块圆圆的黑石，在草丛里很醒目。青皮铲了一个石块，高高地将铲抡起，借了惯性，小石块迅疾地弹出，准确地击到远处黑石上。黑石的肚心，现出一点被击打的白印来。如此三击，枚枚击中，王社火和村人看得非常惊讶。

晌午时分，羊们的肚子渐次圆了，像天上的那个日头，饱饱的，圆圆的，对草的寻觅，就不像前晌那么执着和贪婪，一张张啃草的嘴，也松懈许多，嚼草的牙，也缓慢许多。它们嚼着，品着，把脑袋扬起来，对峁上的草，挑剔起来，一副挑三拣四的样子。

青皮也觉得有些困乏，那是山里受苦人的春乏。看着同样有些困乏的羊儿，他想寻一处高土坡坐下来，能靠着打一个盹儿，还能看见分布得很散的羊群。

忽然，青皮的脚被一个硬物绊了一下，还拧了一下，低头去看，他惊得跳起来，那是一颗黑猪的头，准确地说，是一颗被啃得少皮没毛的猪头。从残存的皮毛上，他认出是黑猪，并且很快认出是古塬村杆子家那头被狼叼跑的黑猪的头。

青皮带了几分小心，把那颗不成样子的猪头捡起来。山里风大，天也凉，猪头还没腐烂哩，只是一对小小的猪眼塌下去了、瘪下去了，脖颈处的肉被啃吃得精光，剩下白森森的骨，还有风干的血迹。

青皮不忍再看，他有些犹豫，是否该把猪头给杆子带回去？

杆子喜爱他喂养的黑猪，就如同青皮喜欢自己放牧的羊群。不过，杆子更实惠一些，他更喜欢黑猪出槽后所换来的票子。在田里劳作的间隙，他也要给猪拔几丛嫩草。女人喂猪的时候，他常常蹲在圈墙边看，看猪贪婪的吃相，听猪进食的哼哼声。有邻人串门去杆子家，他也不让邻人到屋里或院里坐，他就蹲在圈墙边，和前来拉呱的邻人拉呱，唾沫星子飞溅着，一对小眼窝却喜滋滋地瞅圈里的猪娃……

哎，这猪头，该给他带回去吗？

就在青皮怅然着拿不定主意的时候，目光无意地看到了远处草丛中的一团灰黄。那绝不是枯草，也不是土块，它的四周，有羊在慢慢朝那里移动。

青皮的心里画出一个问号，警觉拽着他，朝蹊跷的灰黄跑去。

由于走得急，脚步把枯草弄得沙沙作响，还有几丈远，那可疑的灰黄忽地蹿起来，朝旁边跑出一截——

是狼，一只大个子灰狼！

青皮几乎吓出汗来，一下子呆住了，他万万没料到，这只可怕的大野狼在这儿潜伏着。

老早以前的小学课本上，他学过《披着羊皮的狼》一文，那只是个童话呀，可今儿的这只狼，居然就藏在草丛里，伺机向羊群出击呢，这太可怕了。

青皮挥铲朝狼打去，那狼也一惊，一下跑出去好远。

在他刚刚松了一口气的时候，他看到又有一只更瘦的灰狼倏忽间从草丛里跳到第一只灰狼的身边。

啊！是夫妻狼！

两只饿狼的四只眼睛恶狠狠地盯着青皮，盯着离它们最近的一只绵羊。

青皮顿了一顿，他觉得自己的头发齐齐地竖起来，粗粗硬硬的，像峁上的枯草。他吸一口长气，镇定一下，这时候，他先要保护好羊群，不可让恶狼叼走一只。

青皮打一声呼哨，极深长极嘹亮，土峁上，口哨随了山风缠绕着。夏日里，青皮喜欢在涧沟里放牧，一声呼哨响起，土沟与石涧里有这嘹亮的声音回响，那可是羊群集中的命令。听到这特殊的声音，无论在土沟，还是在石涧，羊们就得快快回归到牧羊人的身边了。就在羊们尚且迟疑的时候，精明的头羊粗壮地“哞”了一声，第一个朝青皮跑来，其他羊也先先后后靠拢过来。

这时候，羊们可能意识到了某种危机，紧紧地在头羊身边挤成了一团儿。

两只野狼没有离开的意思，凶狠的目光全盯在青皮的身上，它们非但没有后退，居然又朝青皮走近了几步。

常理下，在羊群和牧羊人面前，饿狼不会去悍然攻击牧羊人的，柔弱的羊群的诱惑，远远超过了任何一个牧羊者。

这一对夫妻狼此时却死死盯着牧羊人青皮。那是四只什么样的眼睛呀，同它们的皮毛一样，那眼珠也是土灰色的，土灰色里却迸溅出狡黠和诡谲、凶残与暴戾。青皮知晓，狼的皮毛是随季节变换着的，一冬一春里，古塬所在的太岳山，光光秃秃的，一片土灰，树叶黄了，草禾枯了，狼的皮毛也变成了这种单调的土灰，皮毛把眼珠也染成了土灰色。到了夏季和秋季，土塬山川覆盖了一层绿色草禾，野狼的皮毛也变作苍灰色，眼珠里也浸满了一层冰冷的绿。从土灰到苍灰，宽容的大自然让这种暴虐的动物也很快融入自己的色彩变幻中。

因此，古塬人习惯性地叫这种皮毛颜色在土灰和苍灰之间切换的大灰狼为苍狼。苍狼，听上去也更符合古塬这片古老土地的苍茫和厚重。

紧握着自己的牧羊铲，青皮把细长且锋利的铲头，对准了两双不怀好意的眼睛。他像握着一把上了刺刀的枪，两腿呈弓步，随时都可以突刺。

青皮是古塬村的民兵。前些年农闲时分，村里的民兵由王社火组织起来，让退伍回村的杆子教他们打枪射击，也教他们突刺。那是用玉茭秆子扎成的敌人，一枪刺去，尖尖的刺刀就穿透了玉茭人的心脏。

两只狼终不敢上前，人与狼就这样对峙着、僵持着。

青皮的双臂感觉酸涩的时候，忽地有一只狼离开了。是后来的那只瘦狼，它同羊群保持着一个相等的距离，绕了土峁疾跑一圈后，就停在了青皮做弓箭步的相反方向。

这样，青皮就背腹受敌了。

青皮更害怕背后的突袭，他不得不收起长铲，现在不知道该做一个什么姿势，才能应对前后夹击他的两个家伙。

两只恶狼居然同时低吼着，同时移动着朝他逼来。

在短短一瞬间，青皮想到了火，想到了狼最怕火的传说。青皮一只手背下意识地蹭蹭衣袋处，口袋里的火柴盒硬硬的，他动了一下火柴盒，听到了火柴棍们轻微的哗啦一响。脚下是没了膝盖的干草，自己动作快点，掏出火柴弯下腰来，吸两口烟的工夫就会点燃脚下蓬松茂密又干得透彻的山草。狼，一准儿会被吓跑的。

可是，青皮很快就否定了自己，不能这么干，绝不能！狼跑之后呢，火会借助山峁的风势片刻就蔓延开来，燃烧起来，这满坡满峁的草禾树木会烧个翻天覆地的，那后果……青皮不敢想了。但此时的青皮必须行动，两只狼的步子似乎加快了。

青皮忽然看见了草丛中的一块石头，不圆也不方，就那么随意地躺在草丛下。青皮一铲探去，细长钢铲就将石头铲进铲面，他没有思索也来不及细瞅，一把抡圆了铲把，惊慌中运了力朝了第一只狼砸去——

他没看清石块是如何带了山风，短促地飞弹出去的，只感到自个儿被用力甩动的惯性，弄得身子趔趄，几欲摔倒。他尚未站稳时，看到那只狼却扑倒了，是前腿卧地，后腿挣扎着却一时没能站起。青皮细看时，见那家伙一个翻滚站起来了，却吊着一条前腿转圈圈，龇牙咧嘴地嚎叫。青皮知道是石头砸瘸了狼的一条前腿，此时正疼痛难忍呢。怎么就没砸中狼的脑袋呢？青皮后悔地想，他觉得自个儿还是太慌乱，定要沉住气。青皮便四下里又寻石块，不料草丛中再不见石块，就在他挥铲刺向伤狼的时候，他从未见到的一幕出现了——

另一只未受伤的瘦狼，在伤狼扑地的刹那，便飞奔到它的身边，当确认它伤了一条前腿的时候，便蹲下腰身，让伤狼另一条前腿攀上它的后背，搭上它的胯骨，一溜烟跑了。伤狼奔跑的两条后腿和瘦狼配合得默契一致，霎时消失在山峁的尽头。

青皮几乎看呆了。

他听说过狼狈为奸的故事，知道前腿短小，走动缓慢的狈，在情急奔跑时，才将前腿搭在狼的后胯上。可是今天，苍狼居然也娴熟地用这办法搭救同伴，青皮真的看呆了。

第三章　塬生施计，巧退苍狼

古塬生起了个大早，他把自己心爱的一对铜钹装进褡子里，一边一个，正好轻轻地搭在肩上。

临出门，他又返回到炕边，探头看看还在熟睡中的宝儿。儿子宝儿一张胖乎乎肉嘟嘟的圆脸儿，露在被角外面，极鲜嫩，极水灵。塬生就探过嘴去，在细皮嫩肉上亲了一口。

胡子拉碴的，看把咱娃儿扎疼了。塬生的女人边穿衣服，边对塬生说，能早些回就早些回来，咱娃儿可盼着你带回来的卷卷馍哩。

古塬生点点头，走出了家门。

古塬生是乡村鼓乐班子的一名成员。农活儿尚不繁忙的时候，七村八庄的有个红白喜事，就离不开鼓乐班子的吹打。鼓乐班子的人员是由几个村的几个志同道合者组成，当然，得有吹打弹唱的技艺了。遇到白事了，吹打个《苦伶仃》之类，遇到喜事了，吹打个《喜洋洋》，吃两顿饭，挣两块钱，外加十个八个的白馍馍。

古塬生使用的乐器很简单，两片铜钹，帽子一样的大小。当乐曲进行到高潮时，铜钹就随了节奏使劲地敲打，便在高潮中掀起又一个高潮。铜钹的特点是响亮，激烈，有气势，让人的心在韵律中感受着激荡。

今儿是南塬村一家办喜事，昨日领班派人捎信过来，让塬生早饭前一准赶到，赶上早饭前的第一轮吹打。

古塬生喜滋滋地走在村路上。他的家在村边，无须绕村巷的。从村路一直往南走，沿着村南涧沟边缘的那条偏僻小路，就可抄近道走到南塬村了。

哟，这大清早的，又去赶好事呢，当心碰上狼娃子哟——

古塬生一抬头，看见迎面走来的青皮，青皮正担着一担土，汗涔涔地过来。

这青皮，就没个正经，好好垫你的羊圈吧。

塬生没停脚步，他想绕过青皮赶他的路。

青皮却放下了担子，一副要和他交谈的样子。

青皮每天都是起大早的，几乎天天都要清理羊圈前场地上的水槽。水槽是石头凿成的，有些个年月了，结实、耐用。清理完槽里的秽物，再一担一担地挑满清水。水是要早早挑好的，一天的日光晒过，水就成了熟水。牧羊归来，渴极的羊儿喝过，不会生病的；从井里刚刚挑出的水生冷，羊儿喝过，肠胃会不舒服。今儿青皮是担着垫羊圈的黄绵土，古塬生知道，羊们在一孔高大的土窑里圈了一夜，里面有浓浓的、稠稠的羊腥味儿在弥漫，尽管清早圈门开着，窑顶的气眼敞着，味儿还是呛得让人憋气。几十只羊，一夜在圈里又拉又尿，有稠有稀，花花绿绿。青皮就隔三岔五在上面铺一层绵绵的黄土，圈垫得平整了，羊儿舒服，也给村里增加了上好的底粪。

青皮抽空在不远处的崖下，把绵土刨好，再起个大早，一担一担挑到羊圈里。这些古塬生都知道，更知道这青皮把羊看成他的小命儿一般。塬生不知道的是，为何青皮大清早把他拦住，古塬生用眼睛问他。

青皮就对塬生讲了他昨天在东山山峁上遭遇二狼一事，提醒他一人出门，一早一晚里，可得时时当心才是。最好手里拿件家伙，以防万一。你家老人以前是打猎的，不是留下一杆猎枪吗，还是应该带上的……青皮这样提醒他。古塬生心里有事，又要忙着赶路，暗暗责怪青皮多事，他一个七尺男儿，又在大白天里，任他猛虎饿狼也得远远躲开，心想，这青皮还没被蛇咬呢，就开始害怕草绳了。古塬生的脸上就闪过一阵不屑，他就胡乱应酬几句，点几下头，颠起小碎步，急急地走了。

两顿喜饭吃过，几轮吹打结束，办喜事的主家给他们每人两块钱、十个白面花卷馍。古塬生就往家返了。

那时候的日头已经偏西，塬上风大，似要把日头也吹得颤颤地朝西山飘去。

吹打班子里其他人都有一辆时兴的自行车，这在二十世纪六十年代是很奢侈的。他们脸上挂一团喜色，骑着比毛驴快的车子，乐呵呵地各自返回了。塬生家贫，跑东村走西庄就靠了两条腿，他的腿就是他勤快的车子。

古塬生原打算把卷馍放进褡子里去的，又怕铜钹的硬棱切碰了卷馍，这可是给自己可爱的宝儿的，就把头上缠的羊肚手巾摘下来，小心地将十个卷馍裹了，提在手里。

塬生走路疾快，步子虽说不大，节奏特紧，远远地看，形同小跑，像挟带了一股风。

塬生走路时喜欢想事，无非是他过光景的琐碎事，想想前因后果，理顺事由脉络，路子再远，也不显得远。有时候一件事情还没想出个样子，古塬村就到了。今天的路上，古塬生的脑子里想的就是儿子宝儿，宝儿刚两岁，断了奶，能吃馍馍饭了，昨儿还念叨着他这个当爹的，今儿就给他带回卷卷馍来。天黑前，他就可以回到家里了，宝儿见了这么多个卷卷馍，还不知乐成什么样……

宝儿胖嘟嘟的笑脸，是古塬生走路的动力，他的两条腿倒替着，刮风一样，就来到了涧沟的边上。涧沟在古塬村南边，过了涧沟，还有四五里地就到村里了。

古塬生踩的是小路，小路近，却偏僻。小路紧靠涧沟，是深沟坬上踩踏出的捷径。沟两边一两尺的草早已枯了，新萌发的嫩草只有一两寸。一走上沟边小路塬生就觉得倏忽间静下来，是那种瘆人的寂静。沟涧里的风，呼呼地掠动着沟边的荒草和颓树，似乎有什么神秘的东西，在这里隐藏。

塬生的脚步就颠动得更快了，沟边，除了风声，就是他走路的脚步声，还有大口大口的呼吸声。

日头像一个疲软的橘子，滚到了西山顶，把一抹淡淡的微红撒到涧沟的边垅上。古塬生知道，只要这层虚虚的微红一旦被收敛去，天可就黑了。

忽然，枯草丛里有了可疑的响动，继而声响大起来，唰唰啦啦地，古塬生还没明白发生了什么事情呢，就见有一团灰黄灰黄的东西，快速而霸道地横陈在他面前两丈远的地方，堵住了他前行的小路。

哦呀，是狼，是一只高大细瘦的苍狼！

古塬生的头发，枯草一样“唰”地竖起来，头皮麻麻的。他如同一截电线杆，一下子就杵在了小路上，不知该如何应对这突如其来的家伙。

大苍狼黄黄的瞳仁，凶凶地盯着他，像两把黄黄的小刀，剜着古塬生因紧张而僵硬的脸，他的脸，被割得生痛起来。正是这种痛，唤醒了他的意识，面对恶狼，万不可慌张，一慌张就慌乱，一慌乱就出差错。比如，他不可以掉头去跑，他一跑，狼就知道他的精神垮了，他已没有一点应对能力，狼对他的一点警惕也无须再有。那么，狼就会箭一样蹿出去，一下扑倒他，先咬断他的脖颈，再一扑一吞，撕扯开他血淋淋的肉……

片刻里古塬生一动不动，他的脑子转动开来。他首先定在原地，做出镇定和深沉的样子，这样，狼暂时还摸不透他的企图，弄不清他的水多深多浅，狼就不敢贸然扑上来。

古塬生一只手提着羊肚手巾包裹的卷馍，另一只手在腰里轻轻摸揣。终于，塬生摸到了腰带下别着的旱烟袋，那是尺把长的旱烟袋，铜嘴、铜锅、竹子杆，装烟的小布袋就系在烟锅下面。古塬生娴熟地装好烟锅，又点燃火柴，佯装悠闲地吸开烟锅。他发现，在火柴点燃的一刹那，大苍狼的眼里露出一缕惊恐，同时后退了两步。

一锅烟很快地吸完了，他又续了一锅。现在，他唯一的武器就是这一尺长的烟袋杆了，握在手里，他的手心里居然捏出了手汗。

狼又前进了两步，它似乎觉得方才的后退失去了面子，它要挽回尊严，又前跨了一步。这一次，狼紧盯着他，那可是凶恶的，带有仇视的目光。

古塬生一时没了办法，身子有些发软，虚汗也流了出来。这时候，他后悔没听青皮早上的劝说，要是把老爹留下的那杆土枪背在身上，谅它恶狼也不敢如此逼迫自己。现在岂止是不敢逼迫呢，他怕更大的危险还在后面。

恶狼似乎窥见了他的心思，同时也试探出他那杆烟管对它造不成威胁，狼的双耳就竖了起来。它突然扭转身子，两条后腿使劲刨地，那坚硬无比的爪子把小路上的土粒土块刨起来，扬起来，如同下雨，如同冰雹，纷纷朝古塬生的身上、头上和脸上袭去。

狼是想利用飞扬起来的大小土块尘土眯住他的眼睛，让他抱头而逃，而在他仓皇逃窜的时候，狼会飞扑过来，将他生吞活剥。

古塬生紧紧闭住眼睛，并用提着卷馍的羊肚手巾挡在脸前。

大小土块飞落在他的身上，片刻间他成了个土人。但古塬生就像一棵山树，牢牢地栽在路上，一动不动，并下意识地将烟杆探出去，像拿着一把手枪指着恶狼。

狼刨累了，见无效果，又见他用手中物件直戳了它，一时揣不透人的用意，便站立不动了。

人与狼，在日薄西山的时候，就那么难挨地对峙着。

天色走向灰暗，白亮一点一点淡下去，暗下去。狼喜欢这样的天色，古塬生却顿感大事不妙。

他多么希望这时候小路上出现一两个和他一样赶路的人呀。狼怕声音的呼应，这边一喊救命，那边应一声打狼，不知虚实的野狼便会吓得跑掉。可这时的小路上依然空空如也，这原本就是一条人迹罕至的小路，古塬生心里叫苦不迭。

为了拖延时间，巴望着路人走来，他想到了羊肚手巾里包裹着的卷儿馍。

古塬生捏出一颗比拳头小比核桃大的卷馍，试着朝大灰狼投去，卷馍白花花地在空中划过一道优美的弧，落到狼的前爪边。

苍狼警惕地一跳，躲开，又小心地一嗅，可能是白面香味的诱惑吧，它一口就吃了进去。

这时候，古塬生就顾不上儿子宝儿了，这原本是给宝儿带回去的，现在，却得一个一个地去喂这可恶的苍狼了。

每吞吃完一个，狼就扬起细长的脖子，急切地等待，它的嗓眼里，滚出呼噜呼噜的沉闷吼声。小小的卷卷馍，挑起了它的食欲，又难以满足它的食欲。

七个、八个、九个……拿起最后一个时，天色已完全暗下来，空旷的小路只剩下模糊的白，依然没有过路的行人。古塬生已完全陷入了绝望，他不甘心地把最后的卷馍轻轻投出，他要使个猛劲用馍去砸这可恶的家伙。

反正是个死吧，日它的……古塬生一骂就奋力一掷，身子就倾斜了，卷馍砸出的同时，肩上装铜钹的褡子便掉在地上，铜钹与地面的碰撞就击打出脆亮的声响来。啪——啪——两声，在这沟涧边空寂的小路上就异常响亮，那只苍狼在声响里一窜窜出了老远老远。

古塬生绝处逢生，他忽然想起那句民谣来：

狗怕摸，
狼怕掴，
老虎害怕铜家伙。

人一摸地，狗以为人捡砖头砸它哩；狼的前腿不结实，最怕用棍棒去掴打；而老虎之类猛兽，最害怕咚咚敲打的锣鼓铜器。敢情，狼也怕锣鼓响？

古塬生好生欢喜，那可是绝处逢生中侥幸的欢喜。他颤抖着双手，从褡子里掏出铜钹来，就是一阵没命地敲打。

拍七拍——拍七拍——拍七拍七拍七拍——

那可恨的家伙早跑得无影无踪了。

古塬生没忘记在地上捡起第十个没被恶狼吃掉的卷卷馍，吹吹土，装进衣袋里，一路使劲敲打铜钹，给自己壮着胆儿，心还是咚咚狂跳，踏着夜色，回到古塬村去了。

第四章　苍狼夫妻，狼噬羊群

杆子家的猪娃被狼叼走后，天天有近邻或者远邻前来安慰。杆子倒不要紧，男人嘛，把心痛埋进肚里，就当半年的辛苦打了水漂儿。杆子女人心思重，每有女人劝一回，她便哭一回。看着女人红肿的眼窝，杆子就多了一层对苍狼的仇恨。

对古塬生和青皮遭遇苍狼，村里早传得沸沸扬扬，因为对人与物尚未造成损害，大伙安慰的程度也就淡了些许。心里，都因狼的缘故罩上浓浓阴影。那是一个人心忐忑的春季，尽管后来平静了十数日。

十数日后的一个清早，牧羊人青皮照例挑了担子步出家门，这回不是挑绵土，他是到井台去挑水。勤快的青皮在开圈门前，要把石槽里全换上洁净的清水。

青皮担水往石槽处走去，他觉得今日不同于往日，哪儿不同呢，又说不出来，仅仅是一种感觉。两桶水倒进石槽里，他听出几丈远的羊圈里有一些异样。

往日这时候，羊圈里会传出羊们自然的叫声，或低或高，或长或短。那是羊在圈里自然地叫唤，声调平缓、慵散祥和。

今儿也有叫声，叫声却异于平时，怪怪的、凄凄的，外人听不出来，青皮却听得出来。

悬了一颗心朝圈门走去，他忽然发觉了其中的异样：

圈门上的天窗居然是开的！

天窗是几根山木棍子交叉钉成的，夏天羊圈热，除了顶上的气眼露天，天窗也可以适时地开启，一冬一春呢，天窗就被青皮钉死了，怎么能被打开呢？

怀了疑惑，打开圈门，结实的圈门是朝里推的，却难以推动，好不容易推了一道细缝挤进身去，羊圈里的惨状让青皮傻眼了——

前半截窑里横陈着二十余只羊的尸体，有山羊有绵羊，有老羊有小羊。横七竖八，血肉模糊，尚活的二十来只羊瑟瑟发抖地挤在后半截里，挤成可怜的一团儿，咩咩的叫声十分凄惨。

青皮的脑袋一下子嗡嗡响起来，头闷闷的，像被人无缘故地猛击了一砖头，晕晕地开始了旋转。他慌忙斜靠在墙壁上，两手搭着墙壁，身子才没倒下。

许久，青皮从愣怔后渐渐恢复过来，他先得弄清这是怎么回事儿，是坏人跳进圈里肆意残害羊群呢，还是……

这时候青皮听见场院里大槐树上的钟声响了，青皮觉得该叫来村长王社火，这样巨大的痛苦他一人承担不了，他得叫来王社火和其他社员一起分担一下。

场院的大槐树下已聚集了不少社员，除王社火、杆子、古塬生外，还有其他人，他们惊讶地看到青皮被痛苦扭曲的脸，看到青皮又哭又气的样子，知道有不好的事情发生了。青皮指了指羊圈，转身就跑，村民跟着青皮往村边的羊圈跑。羊圈的情景让每个人都震惊和心酸，之后就是十分愤怒了。人都说大牲口是村里的半拉家当，而一群山羊绵羊又何尝不是呢。如今半拉家当被糟践成这样，这些庄户汉子的心里是啥滋味！

经过细致的现场分析和庄户人的经验推断，大伙一致认为是恶狼所为，并且至少在两只以上。它们看到从结实的圈门那里无法进去，就轮换着用利齿咬断天窗交错的木棍，从那里先后钻进去，却又无法把羊只从天窗叼出去，天窗太高了。这样，丧心病狂的家伙，就一只只去撕去咬，咬一只羊的脖颈，就将长嘴探在破裂处，疯狂吸血，吸干一只又去撕咬下一只……令村人不明白的是，这一只只被咬死的羊，为何要堆在圈门口呢？

村民的推断是准确的，可他们却只知其一，并不知其二……

在东山山峁上，两只夫妻狼袭羊不成，东山母狼被牧羊人青皮挥铲砸伤了一条前腿。它搭在公狼后背仓皇逃走后，半个月光景不能走动，这期间仅靠东山公狼在山坡与沟涧里逮些野兔充饥。一月后腿不再疼痛，伤算是养好了，但那只前腿还不利落，在山峁沟涧和旷野里奔跑，显然不如从前那般快捷了。

东山母狼养伤的日子，也是东山公狼思谋着对牧羊人报复的日子。报复牧羊人的最好方式莫过于偷袭他心爱的羊群。狼是最能辨认人也最能记住人的机灵的兽类，与它一次谋面就会被记住相貌特征，且能摸透人的脾性好坏。前两年，西塬村一个牧羊老汉的羊群，时时遭狼偷袭，有时大白天的，一只或两只狼就在他的眼皮底下，叼走了羊。老汉也吵也闹，也呼喊打狼，但不顶事，原因是老汉性格绵善，狼摸透了这一点。对牧羊人青皮，二狼打定主意要吃他的羊，不仅是鲜美羊肉的诱惑，更是复仇火苗儿的舔舐。几乎没费多大的工夫，东山公狼从气味里判断，便找到了青皮羊群的羊圈，夜色的笼罩下，它在圈门前的空地上转悠着，看地形，寻找人们的疏忽而流露的破绽，决定下口的最好时机。

羊圈在古塬村村外，远离了农家，深更半夜，不会有人光顾这里，即使有个什么响动，也无人能听到。结实笨重的羊圈门，狼是无能为力破开的。圈门上方的天窗，让公狼心动不已。因其高高在上，人们也就有所忽略，乍一看，天窗上交错着一根根山棍，又有黑厚的牛皮纸在山棍的空隙里糊就，其实，因了岁月长久，又有风吹雨打日头晒，木棍已失去了结实的品质，变得囊糠糟朽。这样，古旧天窗变成了狼进入羊圈的一条通道。

终于，在母狼伤愈之后，一个月黑风高的夜晚，这对夫妻狼悄无声息地来到古塬村羊圈门前的场地上，母狼遵循了公狼的建议，欲破天窗而入。其实，二狼做出这个决定时，本身是带有莫大风险的，天窗作为唯一入口肯定也是唯一出口，如果它们进去了，而此时恰好被人堵在里面，那肯定凶多吉少，在劫难逃。所以，它们在破窗之前又在羊圈四周查看一番，寻找任何一点点可疑迹象。比如，地上兀现出的一条长长的绳索，一捆来历不明的稻草，一块木板或木架。它们谨防着村人设置的任何不打眼的物件，以防走进可怕的陷阱。

当绕过几圈也没发觉可疑物象之后，二狼果断决定破窗了。由母狼留看四周，公狼一个腾跃攀上羊圈门，四爪试探着寻找到可蹬踩的位置后，公狼张开大嘴去啃咬天窗上交错着的木棍，那上下四排尖利牙齿如同一把无情钢钳，将布满尘埃的木棍咬得纷纷断裂。片刻之后，天窗成了一方黑洞，浓浓羊腥味从黑洞里涌出来。公狼下来让母狼先跳，它要看母狼前腿的攀爬力，而且要在下边做一个保护，见母狼并不费劲地跃上去，又跳进了羊圈，公狼这才放心地跳进去。

同狼的狡黠与诡谲正好相反，羊们是绵软和善良的群体。面对破窗而入的凶残者，羊们本能的反应是一个劲地朝窑后躲去挤去，每只羊都想挤到羊群的中心里，寻找最安全的庇护，外围与周边的羊们就成了首当其冲的牺牲者。高大的头羊没有朝里去挤，它是第一只被恶狼撕咬的对象，公母二狼一同对付这只尚有反抗意识的头羊，一只狼一口噙住它的粗壮脖颈，一只狼朝它的腹部猛然袭击，可怜的头羊还没发挥头顶双角的作用，就无奈地倒于地下，任狼嘴撕扯了。它是一只被阉过的公羊，因年岁较大，狼能嗅出头羊肉的一种怪味儿，两只狼只是吸了头羊的血，就凶狠地盯着下一只。这以后，两只狼就不再合作，它们各自寻找小羊和半大羊只，半大羔羊肉嫩血鲜，两口便可咬死一只。母狼叼到一只半大绵羊时，绵羊可怜地咩了半声，脖颈处就被切进锋利的牙齿，绵羊难受地抖动着身躯，母狼贪婪地吸食它的鲜血，直到再吸不到血液。绵羊并未死去，它斜躺在地上，四条腿在无力地痉挛。母狼只一个扑腾，一只长嘴就撕开小羊的腹部，头一扬，小羊的心肝肺就被扯拽出来。狼的吃相是异常可怕的，为什么会有狼吞虎咽那一说呢？在这样的场合，在这多少让苍狼心理上产生不安全感的羊圈里，狼是不会细嚼慢咽的，它贪婪的欲念就是多多占有。每当吞咽之前，都有一个助跑动作，往后退三四步，再猛地扑上去，撕拽下一块肉来，啪啪地生吞下去，那可是成块成块地吞吃，生吞活剥。

机警的东山公狼在无声地提醒着失去理智的东山母狼，这里不可再多停留。也就是说，用最快的时间，多咬羊颈，多吸鲜血，羊肉是顾不得多吃了……

圈里的活羊少了一只又一只，一半羊被凶残地咬死并被吸食了鲜血，还有几只未被吸血的，也被生生咬死。一时间血腥气充盈了土窑，并从天窗弥漫开去。

在公狼的又一次提示下，母狼停止了撕咬，它们准备离开了。母狼心有不甘，想叼走一只小羊回狼窝，在以后的几天享用。可是，它圆鼓鼓的肚子莫说叼羊了，就是它自个儿也难以跳上去了。还是公狼有办法，它用嘴把死羊的尸体一只只摞起来，堆了三四尺高，母狼与它踏着羊尸才从黑洞洞的天窗跃出去，它们并排小跑远离了村落和羊圈，才悠闲地朝着东山跑去……

老天爷呀！这天杀的恶狼，害死这么多羊，这可让我咋活哩，咋活哩——

青皮心疼得欲死欲活，他拉住王社火的手说，咋还不从乡里领枪呀？啊！咋不领呀，领回枪来我非把狗日的野狼脑壳打碎不可！

把羊群当成生命的青皮伤心地病倒了，一病就是两个月。病好的时候，天气早已热起来，满坡满塬的麦子，一天黄于一天，眼看就要搭镰了。

第五章　塬生儿子，惨遭狼啖

五月的日头把土塬和人们的一张张脸都涂抹成小麦的颜色了。古塬村沉浸在抢收小麦的紧张气氛中。

古塬生和他的女人是割小麦的好手，他们和村里的强壮劳力一样，把腰肢弯曲成一个个会移动的古老的象形符号，点缀在大片大片的麦黄色里。

东山向阳，东山吃风，东山的麦子熟得早。他们就先收割东山的小麦；涧沟背阴，涧沟地湿，涧沟麦子熟得迟，他们就后割涧沟的小麦。等到该收获涧沟小麦时，村里的这些强壮劳力们都疲累得拽拉不动手里的镰刀了，好在涧沟里背阴，日头不似东山那样烈烈地暴晒，沟里时有凉风掠过，一阵一阵好惬意，汉子们就焕发了新精神，弯腰低头飞快地收割小麦。

这天古塬生的女人割了会儿麦子，感到小腹尿急，就跳下一个地垅去小解，刚提起裤腰抬起头，就看到离她不远处有一头怪物急匆匆地跑过。什么怪物，那是一只大苍狼呀！惊得她一时说不出话。她定睛细看时，那只大苍狼居然叼着一个娃娃的脖颈在择路跑，被叼着娃娃的身子不是搭在狼背上，是娃娃的双臂在下意识里搂着狼的前身子，两条小腿巴搭在狼的腰胯间。

有狼……狼叼着娃娃哩……打狼啊！

塬生女人的失声大叫，让大苍狼顿了一下，也惊动了涧沟另一面割麦的人们。村里人从麦田里直起腰来，正好看到狼叼着孩子匆匆逃的情景。

大苍狼还没来得及换口，那被叼的孩子，双臂确确实实在使劲搂着狼的脖下颈，而一双小腿搭在狼的腰胯上。

塬生女人的叫喊惊起这边的割麦人，一起挥了镰刀朝狼追去，狼匆忙地跑了一程，就被另一边的割麦人截住了去路。那另一边打头跑来的是古塬生、杆子一伙儿，这边猛追的是青皮、王社火，当然还有塬生女人等一群妇女。声嘶力竭的呐喊声在麦田里滚动着，舞动起的一把把镰刀在日头下闪起复仇的光亮。

围成个圈儿，围成个圈儿，把狗日的狼包围起来——

举镰追狼的王社火没忘记自己的领导角色，他喊着，指挥着大伙将狼截住并围起来。愤怒的人群凭着人多势众早没了惧怕，跑着，有意识地形成一个大圈子。

苍狼被围在人群的大圈子里面。

这是一大片涧边的平地，无坡可上，无沟可跳。村民就不担心狼在走投无路的情势下，把嘴里叼着的娃娃抛向深沟。狼这家伙心肠极短，它吃不到时，也不会让所叼的孩子活命。

挥着镰刀的村民在缩小着包围的圈子。忽然，苍狼把孩子放在了地下，杆子怕它重新叼起来，这一换口，孩子必死无疑。杆子就跨起大步率先冲到了狼的身边，镰刀舞得呼呼生风。苍狼这一下顾不上去咬孩子，一个腾跃蹿出去老远，它吐着猩红长舌，白森森的牙齿上，还留有一缕缕殷红的血迹。它要寻一个空当猛蹿出去。它必须这样，它要在一把把锋利的镰刀下面踩出一条生路。

大苍狼前腿踏地，苍灰色的脑袋耷拉下去又猛地扬起来，嘴巴大张着，发出一声“嗷呜”的长嚎，那叫声凶狠、惨烈，立时在涧沟崖畔回响。

苍狼决心要突破村民的围困，慌乱中它没忘记选择两个穿着花衣的女人防着的地方去突围。它跑过去龇牙咧嘴以示威胁，女人们一惊慌便有些后退，那苍狼就从两把镰刀下面突围了出去。女人旁边的是挥镰的古塬生，古塬生见这家伙就是春天时拦截住他，并吃了他九个卷卷馍的恶狼，便从斜刺里疾跑过去，挥镰奋力朝那家伙腰部扎去——

狼奔跑的瞬间恰好迎上了古塬生挥下的镰刀，他那把磨得飞快的镰刀居然一下扎进狼的侧腹了。苍狼又一声长嚎，掉转脑袋恶狠狠盯了古塬生一眼，带着那把镰刀跑远了……

被狼叼的孩娃运气还不错，狼没换口就没死，只是脖颈处已经血肉模糊了，那是古塬村西边西塬村里的孩子。家人匆匆赶来时，王社火早已派人将孩子送到乡医院去了。

闷热的天气和闹狼的紧张气氛，一起郁结在古塬村里。

麻秆腿，
豆腐腰，
扫帚尾巴铁得脑。
……

这是孩娃们玩耍时唱的有关狼的歌，小小心域里充满了对“狼”的提防。

以前，在不闹狼的日子里，孩娃们的歌谣里即使有“狼”，那也充满了祥和与太平：

东山坡，
野菜多。
小蒜野葱猪耳朵，
一天拣它一大锅。
狼拾柴，
狗烧火，
猫娃子坐在炕头上捏窝窝。
一下捏了十八个，
狼一颗，狗一颗，
最后没有猫一颗，
猫儿气得跌圪垛。
……

更有七岁八岁讨人嫌的娃娃们，见了一群收工回来的女人，就远远地扯了嗓子喊：

太阳落，
狼出窝，
不吃娃娃吃老婆——
哎嗨哟，哎嗨哟——
不吃娃娃吃老婆。
……

女人家一愣怔，见是一群毛头小儿，也嬉笑着送一串歌谣过去：

狼，狼——
擦滑滑，
不吃老婆吃娃娃——

这并无恶意的歌谣在古塬村仿佛成了一道谶语，几天之后，就有一个小娃儿被恶狼叼走了，这让古塬村人惊恐不已。

夏日塬上燥热，住土窑洞的人家还好，土窑冬暖夏凉嘛，住砖屋的就十分难熬，尤其是暑日酷热的夜晚。

古塬生新起了三间砖屋，原先的土窑就当了猪圈。砖屋排场，砖屋却冬冷夏热，冷不丁从凉爽的土窑里搬进闷热的砖屋，热得夜里睡不着。塬生和女人就想了一个办法，夜里全家睡土院里。

土院里收拾得利落洁净，铺一张草席，放几条枕头，就清凉了许多。

儿子宝儿乐意在院里睡，高兴得在草席上又蹦又跳，且要睡在古塬生和女人的中间，宝儿的两个姐姐就睡在女人的另一侧。

院门早早关好，四周的土墙顶上又围了一圈荆棘，古塬生觉得万无一失了，就和儿女们放心地睡在土院里。

两夜过来相安无事，第三夜睡到夜半时分，塬生被尿憋醒，就匆匆爬起上了茅厕，返回来本想再睡个回笼觉，忽地发觉他和女人中间的宝儿不见了，这如何了得！明明睡时是躺在他和女人中间的呀，再看两个女儿，依旧睡得香沉，情急之下，推醒女人。女人发觉不见了儿子，急得疯了一样，屋里屋外、房前院内寻了个遍，依然不见宝儿踪迹。

难道是被野狼叼跑了？

二人同时想到这个可怕而残酷的现实。夏夜短，人困乏，睡在中间的儿子被狼叼走，他俩居然没一点点察觉，可睡在席边的两个女儿都是好端端的呀！

他俩又在屋里院里搜寻了一遍，还是没有宝儿的影子。

我的宝娃呀——女人率先哭起来。

古塬生仍在急切而悲痛地搜寻，终于他在茅厕一边的土墙下发现了几点红红的血迹，沿着一道划痕朝上，陈旧的墙皮上边也有殷红的血点，而墙头上，荆棘已掉了下来。无疑，野狼叼了宝娃儿是从这儿跳出去的。

哎呀——我的宝娃儿呀——

古塬生闷闷地炸出了一声，片刻，他的心像被人摘去了，胸腑里如同插进十几把利刀，他疯了一样，打开门就朝外面跑，两条腿带着他朝着村外的土路狂奔。那土路通往村子南边的涧沟，而土路上断断续续地也有新鲜的血迹……

宝娃呀，我的宝娃子呀——

古塬生和女人声嘶力竭的哭喊声，把凌晨的村落和原野早早唤醒了，悠悠古塬在他们绝望而悲怜的哭喊里晃动了起来。

第六章　古塬村人，屠狼应对

村长王社火终于从乡政府的武装部里背回两杆擦拭得油乌泛亮的步枪。还有一个枕头大小的铁箱，铁箱沉甸甸的，里面装有为步枪配置的子弹。

王社火吃力地走在通往古塬村的土路上。土路弯弯曲曲，细如长蛇，沿了浑黄的截面蜿蜒着朝上伸展。王社火走得汗淋淋的，前胸的衣衫湿透了，后背和裤腰也湿得能拧出水来。就是两杆枪和一箱子弹嘛，没料到这么死沉！他这样想着，就坐下来，设想以后荷枪打狼翻山越沟的日子，该是怎样的辛苦。

拐弯处有了说话声，脚步清晰时，王社火见是杆子和青皮颠颠走来，他俩接他来了。二人早已坐不住了，如果今儿个领不回枪来，杆子和青皮会跑到武装部理论一番。

是七九式步枪，日他个狼娃子贼妈儿的！

杆子拎起一杆久违的枪来，内行地说道。他的瘦长脸被日光下泛亮的枪身映出几缕光彩。

好着哩，好着哩！

青皮先在缝有补丁的衣衫上揩揩手，才小心地接过枪杆，他端详着，样子专注且深情。渐渐地，他把后槽牙根子咬紧了，从齿缝里挤出一句话：

不打住它一两只狼娃子，我青皮就不是人养的。

杆子的手痒痒得难受，他涎着一张长脸，恳求王社火说：我先放一枪吧，就一枪！

王社火不容商量地摇头说：满共就给咱这一箱子弹，这一箱用完，如打不住个狼，人家就不给咧，哪里敢放空枪浪费！

想想正是这个理。三个人扛枪搬箱回到古塬村。

夜晚的一盏马灯下，村部召开村委会。三百口人的古塬村，村委成员七八个，这一回照例有村校校长闵先生，另外还多了杆子、青皮和古塬生，算是个村委扩大会。

会议议题就是打狼一事，打狼已经迫在眉睫。自从叼跑了古塬生的宝儿以后，可恨的家伙又咬死了村里一头刚三个月的小骡驹。不打狼已不足以平民愤了。

领回步枪的喜悦，激荡着几个村委的心，大伙要商量具体的打狼计划和相关事宜了。

只可惜，枪太少啦，要再多两杆，该多好！大伙这样唠叨。

这不可能，发枪是根据村里人数和基层民兵的比例配发的，咱村和人家大村比起来，仅抵了人家一个生产队，有两杆，就不少啦。王社火这样解释。

经大伙讨论酝酿，“古塬村打狼小组”成立了。因为王社火兼着民兵班长，理所当然就成了组长，组员分别是杆子、青皮和古塬生。

王社火得负责村里全面工作，打狼小组的具体事宜就由当过兵的杆子负责，杆子就成了副组长。

枪支的分配是这样的，杆子一支，青皮一支，古塬生呢，就权且用他老爹留下的那杆土枪。王社火其实也想留一支，组长嘛，作为机动用，但他还是让给了青皮。

三个人都深受苍狼的残害，说起狼来恨得咬牙切齿，都是苦大仇深的主儿，思想工作就不用做了。村委研究的是奖励办法，在脱产打狼的一个月里，每人一天十个工分，自然是一个全劳力，如能打死一只狼，另给打中者奖励五十个工分。

这一决定刺激了杆子他们，他们把失去猪、失去羊、失去心爱儿子的莫大痛苦均化作打狼的动力，就为这诱人的奖励，三人已是跃跃欲试了。

只有村校校长闵先生一言未发，这让王社火有些奇怪。以往的村委会上，闵先生最能提出好建议，今儿闵先生咋哑巴了？

闵先生来村里当校长已有好些年，早年间他在省城的大学里是学生物专业的，毕业后分到县城中学当生物教师，前些年戴了右派的帽子，就被下放到古塬村里了。

闵先生是单身，学校就是他的家，孩娃们就像他的儿女，再加了他的好人缘，古塬村人是分外尊重他的。他也是村委的一员。

大伙想听听闵先生的看法。王社火这一提，大家都看向闵先生。

闵先生清清嗓子说：

咱古塬一带吧，属于丘陵地势，塬面开阔，却又有山有沟。自古以来，野兔繁多，野兔多了，自然会糟害庄稼。大自然是一个生物链，一物降一物，讲究个生态平衡的。奇怪的是，咱这儿是狐狸奇少，制服野兔的任务就落在狼身上了，如没有狼，或少了狼，那野兔又会成群结队，酿成祸患。我的意思是，对狼这种凶残动物，以恐吓和预防为主，最好不要动用枪支，大动干戈……

大伙没料到他们一向尊重的闵先生，会说出这般寡盐少醋的话，有些人不甚理解，都用生气的目光盯着他。

闵先生并不着急，他十分谦和地一笑，补充说道：在咱这里，狼这东西一年四季主要猎获的是野兔，实在饿极了，才冒了风险进到村里，叼猪叼羊，残害娃娃，这实在是不得已偶尔为之。我们自然不可以等闲视之，如放爆竹，如在圈的四周安放缠绕一些绳索，涂抹白石灰线印等。狼的疑心极大，认为有了可疑之处，它就远远绕开了。这就需要咱们多动脑筋，以预防为主，最好不要——

闵先生话没说完，就被杆子打断了：

闵先生，没想到你会有这等想法。你一个人无牵无挂，在家户吃派饭，一人饱了全家不饿，不知道过光景的难处。如果你有家室，家里喂了半年的猪娃被狼叼去，你就不会有这等可笑的想法了。

青皮也憋不住，说：如果你放了一群羊，一夜间被狼咬死一多半儿，你也不会说出这样的话。

古塬生此时红了眼，接了青皮的话茬说：闵先生，莫说你的儿子被狼叼走，就是说假如明儿个学堂里你的一个学生娃儿让狼拖走了，你会怎么做？今儿个的你，让人想起东郭先生了……你咋能这样想？

古塬生又一次想起了儿子宝儿，一串酸楚的泪，吧嗒吧嗒掉了下来。

这……

闵先生黯然地闭了嘴，同时也低下了头。

第七章　杆子沉稳，山中狩猎

杆子藏匿在草丛里，一动不动。

七九式长杆步枪在他身前的草丛里“挺着”，子弹早就压进膛里，黑洞洞的枪口像杆子此时警惕的眼，注视着前头那一片可疑之地。

月亮从东山的更东边徐徐升起，极为清亮，把四周的云，也染出几分皎洁。清亮的光一抚摸到东山上，东山上的庄禾呀草坡呀显出另一番样子，极朦胧，极神秘。白日浓郁的草丛和黑魆魆一片的庄稼，似乎都有包藏危险的可能。

杆子是白天就选好了这个观测之地的，这是东山山巅的较高处，既居高临下，又有土崖和一棵大槐树可依。更可喜的是，这儿离那个地方，那个他白天观察到有许多新旧狼粪的叫作高埝角的地方很近。杆子曾用步子量过，也就是六七十米的样子，当然在步枪的射程之内。更为重要的是，这样的距离他看得很清楚，特别是他的眼睛适应了月光下的山坡草地之后。

从地形上看，高埝角是苍狼们从它们自己那个隐藏的狼窝，通向山下的一个咽喉。相对辽阔的东山山峁，受到凝重的太岳山脉的逼迫，在这里猛一回缩，收成了一处险要狭窄的高埝角。对于猛兽而言，这里是一个避风港，是将猎获之物肆意吞食的餐厅，也是它们权且歇脚，缓一口气的安全之域。要不，为什么这里猛兽的粪便特多，尤其是狼的粪便。

狼的粪便极有特色，长条短截不等，外表泛白，粪质极为粗糙，且夹杂了长长短短的毛发。

面对大摊小摊的新旧狼粪，杆子想到这是个有主意可打的地场，它的神秘不是大白天里可以破译的。朗朗的日光下，这里点缀着的仅仅是恶心的狼粪，只有在日头隐去的夜里，在月亮也游移得疲惫了的子时，杆子觉得这里可能有好戏要上演了。

杆子决定守株待兔，他儿时在小学的课本上读过那样的文章，只要有守功，就不愁弄不到兔子的。

东山的夜真静。只有在这样静的夜里，才能更清晰地倾听到似近似远的天籁，那是苍天和山地的自然音响，悠悠的，纯纯的，好像覆盖了一切，又好像从耳边稍纵即逝。昆虫的鸣叫都是真切的，杂七杂八的，形形色色的，整天在大山里待着的杆子，真不知道晚上的山里有这么多不知名的虫子在叫。庄禾的生长声还是主旋律，它们挤进杆子的耳朵，他喜欢听这种响声，他能辨得清哪是玉茭的疯长声，哪是谷苗豆苗棉花苗的拔节声，嘣嘣的，噌噌的，或是沙沙的，平时，听到这声音，他美得像灌了三两老汾酒。这会儿，他却不稀罕这些，他巴望听到另一种让人毛骨悚然的瘆人的嚎叫，那是长啸，是凶狠和沉郁交织的苍凉悲鸣。只有将脑袋和嘴巴先伏了地皮，收缩着，收敛着，然后，猛地朝上扬起来，翘起来，才可发出那样起伏跌宕的叫唤声。从收缩到上扬的过程，也是声音从压抑到抒发的过程，最后，几近于仰天长啸了。只要用心细听，不难听出饥饿和失望，仓皇和压抑，忧郁和惆怅，还有凄涩与阴冷，暴戾与凶残，落寞与仇恨……

那是山峁狼叫，是古塬狼嗥。

生活在古塬村的杆子熟悉这样的叫声。

杆子还熟悉另几种狼叫声。

那是在不经意间，在村人熟睡的时候，或者，在大白天，村人忙碌着永远也做不完的农活的时候，狼悄然无声地溜到猪圈边，它早熟知了这是一只老母猪和一窝小猪崽。老母猪贪睡，母猪熟睡时，十余只小猪娃就七七八八睡在母猪的腹边。狼来了，贼溜溜地来了，为了不惊动和惹怒贪睡的母猪，狼就倚在圈墙外边学猪哼，那是极殷切的猪哼，是惟妙惟肖的哼叫，贪睡的母猪不去理会，而小小猪崽却禁不起那殷切的诱惑，也哼叫着，离开了母猪，走出了圈棚，一步一步，走到了饿狼的嘴边……

让人惊讶好奇的是，狼这种东西居然会学孩娃哭，且极像，那叫声或紧凑或舒缓，只有极细心且生养过多胎孩娃的女人，才能听出一点点破绽，一般人莫辨真伪。在古塬村南边紧靠了涧沟的南塬村里，那天下午一只狼溜进了村巷，听到一家院落里有三五个孩娃玩耍的嬉闹声。院落里养了狗，狼不敢贸然入内，便躲在了墙角一声又一声学开了孩娃啼哭，那声音最后是像极了哭得上气不接下气。一个六七岁的小女娃怀着好奇与恻隐之心开门出去，没走几步便被恶狼一口叼住脖颈，脑袋一扬将女娃身子甩于背胯，一股烟儿跑向了涧沟方向……那时候狗才叫起来，汪汪汪，邻家的几只狗也都在虚张声势，放着马后炮……

会学孩娃啼哭的野狼再学羊叫，那实在是容易极了。杆子还是听牧羊人青皮说的，那年秋季青皮在涧沟里放羊，是在一片相对宽阔的收获过的玉茭地里，羊群较集中地拢靠着，一边吃着禾叶和散失的籽粒，一边朝前缓缓移动，不像平时在东山坡牧羊时，羊群那样零星散开。青皮那会儿实在困了，就靠在一捆玉茭秆子上打盹儿，朦胧中他听见咩——咩——的叫声，这声音似乎收敛着，挤压着，做作着，并且小心翼翼着。青皮感到奇怪，无论山羊绵羊，大羊小羊，一般发出的叫声是自然的，直抒胸臆的，为何这只羊如此矫情造作呢？青皮立时警觉起来，睡意全无。但仍装作打盹的模样，偷偷瞪圆了一对眼窝搜寻着。终于，他发现那叫声源于一条地垅下面，地垅下面有一块青石，一条苍狼借了石块的遮掩紧紧趴在地垅的坡面上，一声又一声地发出叫唤，它是在诱惑羊群中纯洁的小羊儿，一声声召唤小羊朝那声音走去……

青皮又惊又气，猛地举了羊铲朝它冲去，野狼正学得专注，猝不及防，但在那长杆铲子铲到之前，仍然跃起逃窜了。

今夜，杆子企盼听到苍狼的长嗥，他能从那长嗥声里，判断出它的方位，离这儿的距离，还有，它是否在朝他这边移动。

今儿，已是杆子青皮和古塬生三人专业打狼的第四天了。可以说，这四天时间里他们一无所获，非但没能打着狼，甚至连一条狼尾巴也未曾见到，这对村人来说，多少是一种失望，对他们三人，也真是面上无光。

这四天，三人结伙而行，悄悄行走在东山和涧沟之间，穿梭于碧绿的玉茭地高粱地糜子地之中，也藏匿于槐树林、青坟岗和松柏湾一带，从地上的爪印痕迹、苍狼粪便上，再判断苍狼出没的迹象……可是，苍狼如同事先得知了内情，居然不肯露出一点踪影，又好像在同他们做着恼人的周旋，这比戏弄更使人难堪。要知道，古塬村的三百口人在等待他们打狼的好消息，莫说对得起村民，就是每天的十个工分，也有愧领受呢。

无形的压力就像东山山峁，沉甸甸地逼迫着三人。更为重要的是，复仇烈焰烤炙着三个血性男子的心，青皮性急也冒失，古塬生谨慎也小心，杆子还能沉住气，尽管肚里火急，表面还能装出一副练达、见过世面的模样。他说：心急吃不了热豆腐，只要咱和狗日的狼较上劲儿，它躲过初一，躲不过十五，它跑了和尚，也跑不了小庙儿，弄得爷们火了，连它的老窝也一起端。咱不要急，这才刚刚开始，狗日的不会撞到咱的枪口上，咱得动脑筋寻它。

整整四天，三人共放了一枪，还是青皮憋不住火气，拿了古塬生的猎枪放了一家伙，那是他看到山坡上的一只野兔，好大，好肥，圆滚滚地在草丛里奔跑。青皮瞄准了，“轰”地就是一家伙，那只野兔翻了三四个大跟头，血淋淋地倒在草丛里……

枪放了，气儿也放了，青皮又后悔不迭，要知道，村人的耳朵就在古塬的沉静里企盼那生动的一响，盼着那响声会带来惊喜呢，并不是让他获猎这不打眼的小野兔儿。

看你的出息！

作为副组长的杆子，时时提醒青皮，也提醒自个，不打无把握之枪，不放无目标之弹，影响事小，浪费事大，更不要打草惊蛇，每一粒子弹都力争让它派上用场！

第五天，三人细细商量后，由集中转为分散，由集团作战变成了游击战术。三人分别布置在东山、山峁和涧沟，白天与夜晚交叉巡视，一旦遇到危急情况，如遭遇群狼攻击，可放枪告之，以便及时解救。

这样，杆子就选择了东山的最高处，再朝东，就是巍巍太岳了，这儿是东山与太岳的接壤处；青皮选择了东山偏北的山峁，他长年累月地放羊，对这一带了如指掌；古塬生选择了土沟石涧，也就是涧沟，一是他在沟涧边缘遭遇过苍狼，二是他心爱的宝儿就是被恶狼叼到涧沟里去的，他责无旁贷地选择了涧沟。

杆子此时躲在草丛里，他自己并不感到孤单，一是有一杆步枪与他做伴，同时他也知道，这样的时辰，青皮和古塬生同样躲在玉茭地或谷子地里，大睁着警觉的眼，注视着任何一点儿风吹草动。

杆子讨厌山地的风，沙沙的，让人怀疑四周有野兽出没，有一种防不胜防的感觉。这会儿没风了，山地静得可怕，蚊子却接二连三地叮在他的脸上、臂上和腰身里。山地狼恶，山地的蚊子也恶，一口一个疙瘩，红肿肿的，让他疼得痛苦痒得难受，还有类似蚊蝇的无名小虫，落到他的脖颈里，钻到他的裤腿里，烦不胜烦。这些忙碌了杆子的一只左手，上上下下，里里外外，抓捏驱赶，却并未妨碍到杆子的那一对细长的眼，以高埝角为中心，并捎带地扫描目所能及的地方。这会儿，高埝角愈加清晰了，他似乎看得见埝根底下横七竖八的白骨。杆子想，很有可能，他家喂养了大半年的猪娃，就是在这儿让苍狼吞吃的，那一根根白骨里，说不准有他家猪娃的骨头。青皮曾经告过他，在山峁上曾见过他家的猪头，可为什么没有其他骨头呢？狼这家伙很奸诈，一顿吃不完的东西，会隐藏起来，易地而食，这里有他家猪的骨头，也是在情理之内的。

原本疲惫的双眼，渐渐地就有火苗子烧起来，眼眶烧得都红了。杆子平时过光景是个极仔细的人，邻居借他家一块钱或两块钱，明知道人家会还给他，可还是要心痛一阵子，长条脸子青黄一阵子，那一天里准吃不下饭，晚上也一准睡不好觉。这不由人，他是个兴进不兴出的主儿，邻居们私下里议论说，杆子属母狗的，能进不能出。猪娃被狼叼走的那几天，杆子简直像掉了魂，虽然表面上显出一副深沉的样子，心里却天天在流血。半大猪娃子，喂养那么大容易吗，他得从狼的身上讨回来，讨回来……

月儿西斜，夜鸟与夜虫渐渐地静寂起来，杆子身上有了湿凉的感觉。月光竟淡弱下去，天光缓缓地欲取代月色，这是相对暗弱的一会儿。杆子知道，天快亮啦。

杆子的眼皮还是不可抗拒地沉起来，他无法拒绝这种沉重，索性闭合一会儿，闭一会儿吧，他想，就一会儿，就一小会儿……

一个苍灰的影子撞开了他闭合的眼帘，他一激灵清醒了，这似乎是遇到意外的一个前兆，下意识的举动是捏住他的枪杆，眼光像子弹一样弹射出去——

有动静，是一条苍灰的脊背，隐蔽在高埝角下，移动着。怎么？又一个苍灰的脊背出现了，是两条狼？两条狼！

杆子激动得有些颤抖，手居然也抖了，赶紧遏住自己跳得厉害的心脏，平静了一下。从草丛的小小缝隙里，他比较清晰地看到了两只苍狼，都耷着双耳，却竖着长尾，机警狡黠地打量四周。可能没觉察出什么异样吧，一只狼用长长的嘴巴，去摩擦另一只狼的腰腹。

杆子在霎时判断出，这两只狼，是刚刚从山下的塬上游猎回来，不是刚出窝准备出动的。看其庸倦且有些悠然的样子，杆子知道它们已经收获过了。他毫不迟疑，也不敢迟疑了，就那么俯卧着，平端起枪，对准了那只正殷勤舔舐的苍狼……

杆子想，万不敢打偏，这步枪一次只可打一粒子弹，这一枪出去打不中，待安上下一粒子弹时，两只狼会惊吓急逃的—— 一定要打准。

杆子平静下来，步枪的准星，与不远处那只苍狼成一直线时，他扣动了扳机。

啪——

清脆的枪响划破了东山的死寂，天，被这一枪给打亮了。

第八章　神奇古婆，为狼接生

古婆子这天忽然想喝二两小酒了。

古婆子是古塬村唯一能喝白酒的女流之辈，如同村里的老汉们恋着旱烟锅子。像汉子们闲暇里喜打扑克一样，古婆子对小酒也隔三岔五地上瘾。

揭开那口黑幽幽的木柜盖子，古婆子探手去摸，再摸，三摸，也没能摸出酒瓶。哦，过年时侄子古塬生送的两瓶酒，早就喝光了。

年迈的古婆子欲饮小酒的日子，正是古塬村人热切地盼望猎获野狼的日子，古婆子对捕狼却漠然不予关切，这都源于她的年迈和时而清醒时而迷糊的状态。她并不知晓，村里人谈论苍狼的漫长故事中，也会或多或少地谈及一下有关她的传言……

古婆子是古塬生的姑，多年前也是方圆十里八村著名的接产婆儿。谁家的小媳妇十月怀胎要临盆时，便早早地将古婆子请到家里。外村的呢，便会牵一头毛驴儿，驴腰里铺了红红绿绿的褥垫，驮着悠然的古婆子前往。

乡里人说，人生人，吓死人哩！这里说，生娃娃对母、对子性命攸关，一旦请了古婆子，危险就像山鸟儿一样飞去，再难产的孕妇，在古婆子一双巧手的侍弄下，也让她顺利生产，母子平安。

古塬村曾有这样的民谣：

王社火的官儿当得久，
杆子的长腿撵野狗，
青皮爱羊真少有，
塬生敲钹串村里走，
最神的还是古婆子的手。

这其实是古塬村的五大绝。一是说王社火当头儿时间长，其他村的村长只能当两三年就得换人了，可古塬村的人信任王社火，王社火就一直当着头儿；二是杆子腿长腿快，跑起来如风，能撵上野狗；三是青皮喜欢村里的羊，喜欢到了感人的地步；四是古塬生敲着铜钹走乡串村挣吃喝；最后最神奇的还要数古婆子的一双巧手，四方八村无人不晓。怀孕十月的小媳妇肚里的娃娃动一下，就撒娇发嗲，让男人快去古塬村里驮回古婆子，古婆子成了塬上人家的福音。

接生高手古婆子居然接生接到了狼窝里，这在古塬民间是流传了多年的传说。人们似信非信，传说却愈来愈逼真，特别是全村掀起打狼高潮的日子里，古婆子昔日有些遥远的故事，又让村民们重新咀嚼，这不能不引起村校校长闵先生的极大好奇。本着猎奇与证实的心理，这个学过生物专业的闵先生，在这一天放学后的傍晚，走进了村西头古婆子的家。

闵先生不是空手来的，他提了两瓶白酒，一包点心，半斤花生米，敲响了古婆子沉寂多年的木门。

古婆子开了门，那是一张极苍老的脸，脸上布满皱皱褶褶，把村南涧沟和村东山峁全刻在上面了，发是苍灰的一团儿，像一冬一春里，东山上的干草，带着浓厚的古塬特征。年迈的古婆子，老脸上挤出一片困惑。

古婆儿，认不出我了？我是村校校长闵生灵。

古婆儿这会儿犯糊涂，一时没认出闵生灵，却一眼认出了两瓶酒，老脸立刻挤成一朵老菊花。

这样闵校长就陪古婆子在她院中的石桌上摆了酒菜，开始对饮。

三杯酒落肚，古婆子清醒了，她认出了与自己喝酒的是受人尊敬的闵先生，便赔了小心问：

闵先生莫不是请我去接生？记得先生是单身一人呢，该不是后来娶了妻，要生儿子了？

闵先生笑得红了脸，说至今仍是单身汉，来你这儿，是陪你老饮酒聊天哩，村里人打狼的打狼，盼打狼的盼打狼，各忙各的。娃子们放了学，我就闲得无事，今儿，想听听您老讲讲过去的一些事。

酒过二两古婆子便有些激动，老脸上的肌肉全部松弛开来，诉说的欲望随了酒精的渗透也弥漫开了。往昔就像村南的涧沟，多少事也可以装进去；往昔如村东山峁，多少事也可以跑上去，这就要看闵校长的引导了。

闵校长有备而来，一句话引到他所要了解的正题上：听村人说，您老前些年曾给难产的母狼接生过，今儿想听老人家讲讲那事，还请您老给我个面子哦。

村里人各有各的嘴，瞎咧咧哩，闵先生听了，就只当耳边刮过一阵东南风，吹过就吹过哩，万不可当真的。

古婆子眯缝着一对昏花老眼，茫茫苍苍里亦醉亦醒，便说起了亦醉亦醒的过去。

那会儿古婆子虽说已有了一把岁数，但跑跑颠颠满有精气神儿，无论本村，还是邻村，每每接生回来，挟馈赠之物，带满口酒香。那次是给南塬村接生哩，酒实在是饮多了，回来躺在小炕上，却翻来覆去睡不着，月光明晃晃泅进小窗里。古婆子的老屋里一片朦胧，她本想在这种朦胧里酣睡一觉的，却被院门的碰撞声一下一下撞得清醒了。

以往，断不了有人夜半敲门，生娃儿的孕妇是没个时辰限制的，那种敲门声是很有规矩的击打，伴了击打还能传进很恭敬的请求：

古婶儿——开门吧，磨石子媳妇肚儿疼哩——

每每这时，无论古婆子多么恋觉，也得披衣起炕，跟着来人去他们家。

今儿这撞门声撞得好生奇怪，是风吹门响吗？古婆子耷了双耳细听，不是。那是什么？古婆子翻一个身，索性不去理睬。

迷糊中她又听见土院里有轻巧的一响，是什么东西轻落在院里的声音，接着，她的屋门又被撞响，咣当当——咣当当——不轻不重，却异常执着。酒未醒的古婆子原本胆儿大，是见过些世面的人物，又在自家的院里，她就没有过多顾虑，披衣起来，推开依然咣当作响的屋门。

淡淡的月下，古婆子还是吓了一跳，原来是一只高高大大苍灰的狗，夜半时分撞她的门。古婆子紧悬的心，就放回了肚里，又好奇这灰狗的与众不同，但见它用嘴轻轻叼了自己的一条裤腿，朝外拽去，是那种轻重适当却非常固执的拽拉。

嗯？

古婆子心下一惊，知道这大灰狗一定有什么大事，不然不会这种样子的。

古婆子借了酒兴，也借了多年在方圆一带接生的人缘儿，就有几分胆壮，她倒要看看，这灰狗今儿要把她拽到哪里去。

打开院门后，一直沿了村路朝南，那灰狗的步子渐次地快了。自然，古婆子的脚步也得颠得快些，因为，那长长的嘴依旧叼着裤腿，依旧拽拉着她，这会儿，成了小跑步了……

凭着直觉，古婆子知道这东西尚无恶意，但一定有什么她还弄不明白的事儿，要她去办。古婆子觉得有趣儿，在这大月亮地里，在平坦的塬上的土路间，一只狗拽着一个婆子，去一个未知的地方，干一桩尚不清楚的事情，这可真是神仙敢做的事情。

酒兴与塬上小跑，使古婆子产生一些浪漫，一些飘飞的感受，朦胧月色和夜半塬景给这种浪漫增添和谐的景致。正当古婆子飘飘欲仙的时候，她忽然发觉，她被这东西拽拉着走过了塬面，现在正朝着可怕的涧沟走去，那是陡然间下一道三里长坡的。一下沟，那灰狗的四蹄就加快了，急不可耐的样子，且用一条长长的尾巴拍打着古婆子的两腿。古婆子一惊，她一个扭头看清了那条尾巴，这哪里是什么狗尾，显然是狼尾巴。狗尾巴是高高地扬着，卷着，摆动着，向人亲切地摇晃；狼尾巴不，狼尾巴生硬地吊着，长长地扫着，毫无情意地拖着。此时，这只高大苍狼的尾巴就是吊着和拖着的，为了催她快走，还一扫一扫地拍打她的双腿。

古婆子惊出一身冷汗。

她想停下脚步，不可能了，苍狼拽着她，陡坡催着她，她在几种惯性作用下跑着，跑着……

深幽幽的土沟石涧里，不似塬上那般明丽，月光在沟畔山石和草丛树木的遮挡过滤下，迷蒙模糊得像一个酒后醉妇虚幻的梦。每一丛茂密的草中，都似乎藏着一团儿可怕的故事，而一块块如人如神一样矗立的石头背后，似乎正发生着一段未知的离奇事……

古婆子就被苍狼拽着拖着，绕过一团团草丛，一片片树林和一尊尊巨石，她知道自己的下身湿了，是被惊出吓出的尿液，可她依然得紧颠慢跑碎步走。

难道苍狼吃人也不放过我一个老婆子吗？

古婆子害怕地寻思着，心里仍有一丝微茫存活的侥幸。

不知绕了多远，也不知小跑了多久，古婆子被大苍狼拽进了一个深深的峡谷，两边石崖高陡，仰脸一瞭，头上仅窄窄的一弯镰刀天空，凄清、压抑。转过一道石弯，石崖天然地形成一个凹字，上有一处大大的石盘，忽地就缩了进去，那是一个天然石洞，外表隐蔽，里面窄长，有一股浓浓的腥臭味荡出来，而大大的石盘是洞口的屏障。

古婆子刚一上到这里，就看到一对幽绿、冷酷和几丝戒备的眼睛，等适应了这儿的光线后，她才看清，这是一只母狼的眼睛。此时母狼的眼里，露出了痛苦、绝望和求生的目光，看母狼的腰身，比公狼毛发要柔和些许，而它的肚腹，几乎滚圆到了鼓胀的地步。

公狼早已松开古婆子的裤腿，它绕着母狼连转几圈儿，最后，用长舌舔了舔母狼红肿的尾部，又盯着古婆子看。

古婆子在那一刻倏然明白了，原来，这只母狼是要生狼崽子了，可能是难产吧，公狼才冒险到古塬村去把她拽来。

狼如何会知道我是接生婆？人世间的事，莫非这苍狼能理会一二？

古婆子大惑不解，惊惧交加，不过，她此时定了定神，一股职业性的使然和母性的同情，让古婆子有了一些胆量。狼现在不是要害她，狼是让她来帮忙救命的，她古婆子还怕什么。

给人接生了大半辈子的古婆子，第一次给母狼接生。

抚着母狼硕壮如鼓的大肚子，古婆子弄不清，这东西一次能生三胎还是五胎。

母狼的腹部又疼痛起来，肿胀泛红的阴部一阵阵收缩开张，它显然是被憋坏了，不知这东西的第一胎会是个怎样的生法。

为防止母狼“蹦后”，古婆子双手掰开了母狼的阴门。“蹦后”是古婆子给人接生的术语，怕母体因难产而从肛门里下来一只脚或一条胳膊，那样就麻烦大了。古婆子想，狼这畜生也是一样的吧。还好，母狼不曾“蹦后”，但也不是顺生，顺生是先下头部，头出来了，身子就依次慢慢出来。这母狼的头胎估计是莲花生的，是先下屁股的那种，要不，为何单单出一只小尾巴呢？

她将脸儿凑过去，看那母狼胯部窄小，骨盆不开，她知道她得费个劲哩。

古婆子又轻轻抚着母狼腹部，一下又一下，一是减弱母狼疼痛，再者是催生，只有轻轻挤压腹部，才可将力量聚到下腹，用劲促产。

呜——呜——

呜——呜——

母狼发出疼痛的嗥叫，脑袋左右摆动。

这时，在古婆子的外力作用下，小狼崽已下来半个屁股。

这时候，如果一鼓作气，也就费劲产下了，如果停顿下来，就极有可能卡在那里，下不来，回不去，进退维谷，危机在即。

古婆子又捋了母狼的肚腹，还拍了拍母狼的脑袋，把鼓励之类的意思传递给了母狼。随后，她的右手滑滑地从后面插进去，托住臀盘，左手使劲拽动那短短的嫩尾巴，母狼又一阵用劲，谢天谢地，那小狼崽终于出了母体。

母狼转回头来，从古婆子手里叼回小狼崽，应该是衔回小狼崽，悉心地舔着狼崽身上的羊水血水，小狼崽抖抖索索好一阵挣扎，居然站立起来，探头探脑地寻找母狼腹下的奶包。

但是，不容小狼凑上奶头，母狼的又一轮疼痛开始了，第二个小狼崽呼之欲出。古婆子不敢怠慢，上前去细辨，看是哪一种生法，却见这次又是“活生”，即横生，先出一条后腿或一条前腿，这是最难生的一种。古婆子用她巧而肥的手掌，又一下下去捋母狼仍鼓的肚皮，这回动作轻巧自如，洒脱灵敏，然后又用力憋压。母狼胸腹一阵悸动后，后面就见一只小毛蹄子探出来，古婆子探手进去，缓缓地摸到另一只，轻轻拽拉出来，双蹄并着，又一块抓了，这回便使劲拽拉，母狼倒也配合，也同样再使劲一憋，第二只小崽子又出来了。第三只小狼崽是顺生，脑袋先出来，这是最顺溜的一个，也是最后一只。母狼忙着给三只小崽舔毛发喂奶乳，自然弃古婆子于一边而不顾。

产完崽儿的母狼风卷残云地吞吃了那一堆满是血水的“衣胞子”，看得古婆子目瞪口呆。她浑身瑟瑟地抖着，方觉寒气逼人。

母狼产小崽儿的过程，就是公狼烦躁不安的过程，它在石盘上绕着，一圈儿又一圈儿，看着黑黑的远处，又看着痛苦的母狼，一对目光敛着幽绿和戒备……

母狼产完了，古婆子却感到了极度害怕，她从母狼吃衣胞子上，看出了狼的贪婪和凶残，还有，一阵一阵的恶心。她正手足无措的时候，沉静下来的公狼过来了，依然探头去叼她的裤腿，拽着古婆子，离开了幽暗的峡谷，走过了一丛丛树木杂草，一矗矗如人的巨石，又绕过几沟几涧，又走上了一面陡峭的长坡，再过一段路，就上到塬面了。公狼松口放开了古婆子，对着空旷的塬面几声长啸：

嗷——喔——

嗷——喔——

公狼返回到沟涧去了。

上了塬面的古婆子才松了一口气。天，马上就亮了。

在后来的日子里，有那么一段时间，古婆子早晨起来，偶尔就能在土院里看到有肥肥的一条猪后腿，或者一只绵羊的肥尾巴，或者一块血淋淋的其他的什么肉……她一次次琢磨：

难道因为我的接生，这苍狼还懂得给我回报？

曾有一天早上，古婆子发现土院里有一条小孩子的血肉模糊的腿。

古婆子着实吓了一大跳。

……

饮着酒的古婆子，自顾自地说着她的从前，当然说得有些颠三倒四，她太老了，思维不能像教学的闵先生那样有条不紊。

闵先生非常惊讶地听着，对于一个专学生物学的人来说，他可以相信那是真实的，也可以完全不信。

闵先生觉得很有收获。他不紧不慢地离开了古婆子的土院。

第九章　杆子独勇，荒野追狼

随着一声清脆的枪响，杆子惊喜地看到，那只高大的苍狼应声倒地了，旋即又反弹起来，朝前一个扑跃，又倒下去。杆子想起那天青皮用古塬生的土枪，猎杀的那只野兔，挨枪之后在草丛里跳了几跳，就毙命了。他期待那只挨枪的苍狼也会如此。可是，杆子傻眼了，那只大苍狼扑跳了几次后，居然跟在另一只惊慌的苍狼身后，匆匆逃离了。

杆子没再多想，提起步枪一个飞身跃起，迈开两条长腿，便去追赶苍狼。

杆子心里好后悔，方才，他该接着再打一枪的，趁第一枪之后，二狼在片刻的愣怔中，他该迅速地再朝它们放一枪，随便打中哪只都行。可是，他以为打死了一只，另一只会跃起逃走，他不会打中的，不忍心浪费一粒子弹。他没想到那家伙反复扑倒几次后又能跃起来逃离了。

两只狼看到身后追赶过来的杆子，蹄蹄爪爪加快了奔跑。

血迹！

杆子追到高埝角下，他一眼看到了地上的血迹，有两大摊血，似乎还冒着热气。

一准打到肚腹上了，狗日的肚子上被打了窟窿，还要跑哩，看你能跑多远！

血迹让杆子猛增了追杀野狼的气力。当过兵的杆子，也属于见血眼红的人，一夜的困倦被追狼的豪气驱散了。他晓得他大不了撂枪，他不会一边跑一边朝狼开枪的，那样打不准，也耗费了子弹。他有两条细长的杆子腿，这是他的优势，一步五尺两步一丈，他决计要死追那只负伤的狼。它是一只公狼，他看出来了，说不准是这家伙叼走他家猪娃的，如今淌着血，在他眼前逃窜，弄不住它，那简直是他杆子的耻辱。

追过一道山弯，在如血的晨霞里，他看见了两只苍狼，霞光把苍狼的剪影，清晰地印在崖面上，移动着，且变幻着移动的姿势。前头引跑的是母狼，它非常急切，却又不能像平时那样尽情狂奔。它的速度不能过快，仅仅领先公狼一步之遥，只能在行动上带领，在精神上鼓励。一直在淌血的公狼紧随了母狼的步点，每跑动一步，都有血滴落在崎岖山道上。起初，它的后腹一片火辣，甚至还有些酥痒的感觉，随之就有黑红的血液流出来，涌出来，血涌是一种释放的感觉，它伴随了某种惬意和快感。快感在一点一点地消失，接着是一种失落和空泛，疼痛便隐隐地旋上了伤口，刺疼，扎疼，到钻心的疼，且愈来愈烈。伤口像泉眼，身躯的每一次抖动，血水就随着抖动涌出……公狼却不敢怠慢，它得紧咬母狼的步点，它不能落下，一旦落下，身后就有执枪的追赶者上来，它得远远甩脱追赶者。两条腿的人，毕竟跑不过四条腿的狼。

逃命的侥幸与存活的信念在支撑着公狼，四条腿于麻木中机械地交替着。

杆子没料到伤狼居然如此能跑，他原想，上几道长坡，拐几道山弯，那家伙就不行了，可是，感到身体不行了的却是他自己。昨夜几乎没合眼，这会儿就觉得脑袋沉沉的，还有，肚子也咕咕噜噜叫起来，虚汗从头上脸上一条一条拉下来，衣衫和裤腰，这会儿全湿了，紧紧地贴在身上，好生难受。体热欲把湿湿的衣裳衫子烘干，可是不断流下来的汗水又一股劲地浸染，肌肉被汗水浸得白里泛红。

杆子的脚步慢下来。

他得吃东西了。裤腰处，裤带上别了两个布包。一个包里是硬件，二十余粒子弹，它们是在后来的日子里喂枪膛哩；一个包里是软件，三颗窝头，它们是在一夜一天里喂自个哩。杆子跑着，一只左手探下去，探到布包里，捏出一颗窝头来。窝头已软化，那是自己的汗水浸泡过的，掰一块，塞进嘴里，软软的，咸咸的，香香的，一小会工夫，一颗窝头下肚了……又一颗窝头下肚了。他不敢一次吃完，他得剩一颗，他弄不清追狼追到啥时候，他今儿是豁出去了，不追死个狗日的不罢休。

公狼显然也跑得慢下来了，它一慢下来，母狼也不可以再快。

一路上，公狼不知洒了多少血，山道的坎坷里，那一行惹人注目的红，像一串遗失在山道上的红玛瑙，渗入土中的，形成一个圆点点，还未渗干的，反闪着晨阳的红亮，煞是好看。公狼失血太多的缘故，再加上此时愈升愈高愈来愈烈的日头，公狼口渴难忍，它喘着，干干地喘着，如果眼前有一泓泉水，它甘愿一头跳下去，哪怕淹死，也要饮个死饱。可是，公狼的眼前，是白花花的山路，是晃着眼窝的山石，是能扬起沙尘的土坡，即使有一丛丛野草儿，也蔫头蔫脑，被日头晒得近于枯焦，要不是身后有执枪的追赶者，公狼真想一下扑进草丛里，永远都不起来。

此时公狼的速度，能不慢下来吗？

两颗窝头下肚后，杆子不出虚汗了，底气从双脚根下一点一点滋生了，跨步也渐渐地大起来。他感觉跟两只狼靠近了，此时如果在山道上拣一块石头，用劲一掷，就可砸到苍狼身上的，就这么近了。他把背在右肩上的步枪，换一个位置，换到左肩。这时候，杆子的嘴唇干涩起来，不仅仅是唇，嗓子眼里也干涩。似有两只旱地里的土虫子，在他的嗓眼里上下爬动，一会儿工夫，嗓眼里简直要冒火了。他是忽然间觉得口渴的，想起从昨夜到现在，他没有喝过一口水，装水的军用水壶，让他遗忘在趴卧了一夜的草丛里了。刚才，他吞吃了两颗浸透汗水的窝头，就像吃了两大块咸菜，日头这样地暴晒，又流过太多太多的汗水，杆子渴哟，他渴得简直想喝自己的尿。刚长高的玉茭高粱秆，是可以解渴的，可是，此时的他已钻进深山里了，这里的庄稼极少，连一苗嫩草也看不着。渴，真渴，杆子真想这时候天公降暴雨，他能连泥带水喝干一坑的。

太阳高高地悬起来，它仿佛要刻意烤炙着山道上焦渴的人，焦渴的狼。

杆子的脚步慢下来了。

看前头两只狼，母狼忽然焦躁不安了，它用蹄爪刨地，左顾右盼，最后脑袋伏地，猛地扬起来，喉咙里发出几声凄涩长嗥。

喔——嗷——

喔——嗷——

这带有焦躁不安情绪的嗥叫声，在大日头下，绕出许多亮圈儿，在山梁间久久缠裹萦绕，不肯散去。

杆子不得已坐下来，要命的渴让他难受得不愿迈步了。他得挨过去，挨过最难受的时候，就不难受了。当过兵的他懂得，过了极限，反而会觉得舒服一些，他得坐下来喘口气。

杆子一屁股坐下来，不忘把步枪拿在手里。第二粒子弹早已装入膛里，目前尚无发射的机会。他擦拭着枪身上被自己沾上的汗渍，连同枪前头别起来的刺刀。刺刀轻易派不上用场的，平时就一直别着，这会将它伸展开，刀刃上亮亮地反射出一道太阳的光，把眼睛割得生疼。

杆子忽然发觉，那只负伤的公狼居然也歇下来，蹲在坡坎上，身子却朝向他，而母狼一直在焦急地绕圈子，且扬着脑袋不时地看一下远处。

这可是个好机会。

杆子举起枪来，一下对准了蹲着的公狼，伤痛的公狼在他将枪杆端平的一刹就跳了起来，又小跑着前去了。

这家伙，好不狡诈。

杆子骂了一句，又坐下来，他奇怪那只母狼为何此时不随伤狼一同往前跑。

这时候，只见母狼在原地跃动了几下，那动作带有几分欢快和兴奋，没容得杆子细瞅，倏忽间他害怕地看到母狼身边神奇地出现了另外两只苍狼。

杆子下意识的一个弹跳，握紧了上好刺刀的七九式步枪。

这时候，他明白了，方才母狼的嗥叫是在召唤它的同伙，它在极度困顿中招来了援兵。

杆子这回淌出的汗是惊惧紧张的汗水。

刺刀明晃晃地闪着，在暴烈的大日头下闪出的是寒光。

杆子端枪朝前迈动了两大步。

三只苍狼凭了狼多势众，居然毫无怯意，它们在心理上占了优势。

心里一个惊吓过后，杆子就冷静了。他原想和狗日的们去拼刺刀，现在觉得过于冒失了，此时他的体力尚未恢复，顾了前头顾不了后头，而三只恶狼三口利嘴，又在这样对狼极有利的深山里，他觉得险而又险。

你手里有枪啊，你怕什么?

杆子想，如果此时他开一枪，三只狼被吓跑了，也算缓和了局面，但如果未能打中狼，三只狼又从三个方位朝自己围攻，怎么办？

杆子深吸了一口气，他有了一个小小计谋，他得按计谋铤而走险了。

这时候，三只狼中的两个后来者，朝相反的两个方向走去，大大咧咧，一副仇视而矜夸的样子。

不能再等了。

杆子使出全身气力，拼命一声长吼，端枪直指了狼群快跑过去，刺刀直指了那只母狼，同时手指扣动了扳机——

啪！

这一声枪响震动了整个山谷，远处的崖畔传来了四种回荡，三狼受到巨大惊吓的时候，杆子听到母狼的嚎叫。几乎同时，他看到了一个奇迹，母狼的一只耳朵在枪响的一瞬被炸裂了，肉血毛如同夏日里的一朵昙花，忽然在母狼的脑袋上绚丽开放，又四散溅去。当过兵的杆子当然知道，烧红的子弹一遇血肉是会开炸的，可在薄薄的一页耳朵上开炸，他还是首次看到。母狼的一只耳朵顷刻间天雨散花般化为乌有，实在让杆子好奇。

刚聚拢片刻的三只狼又四散跑开了，逃得好远好远，这缓解了杆子的危急处境。可是，受伤的公狼却趁机溜了，溜出了杆子的视线。

是母狼故意设了计策，让伤狼脱险？

好鬼精的家伙！

杆子怒骂一句，一时困惑在山峡里。

那一条似是而非的土路上，没有了受伤公狼的血迹，而土路一侧，是一大片高高低低地势复杂的草坡，草坡里是看不到血迹的。

难道那家伙会在混乱之中，逃到草坡里？

杆子这次装好子弹，上好刺刀，两条长腿踏进草坡。

草坡绵软，尺把高的蒿草里，蹦跶着蚂蚱，飞舞着美丽的花蝴蝶。草丛里也栽立着一枚枚不规则的青石，或圆或方，或笨重或小巧，还有矮矮的柏树，桑树，白桦树，杜梨树抑或成片的荆棘藤，把草坡弄得成分复杂。

这回杆子不可以快跑了，但脚步仍是快疾地在草坡里搜寻，草坡太大，一片连着一片，容不得他缓慢寻找。

还有野兔在他脚下惊慌地跑过，头顶上也有两三只老鹰在低低地盘旋。

草坡里蒸腾着的是另一种草腥热气，这热气扑到身上和脸上，让人有醉晕的感觉，多年的一茬又一茬陈草，还有年复一年的落叶儿，就腐在地下了，发酵、变质就蒸腾成这种气息。杆子连连打喷嚏，嘹亮爆响，然后，他听见在柴草深处的微弱的瑟瑟声。他顿一顿，这会儿，山顶也没一丝风，草梢草叶也处于静止状态，这可疑的索索声牵引着他，来到一处青石背后。

青石背后较阴凉，有浓密的半人高的猪耳朵草，刚才，那窸窣声是从这里发出的。杆子走到时，一切又静止了。杆子运一运气，用刺刀挑开有着硕大叶片的猪耳朵草。挑一阵，却不见动静，草太茂密了，他不愿意这样费力气又耗时间。

杆子从草丛里退出来，略喘口气，他看到脚下，草稀疏的地方有一堆碎石，一缕喜悦让他有了一个好办法。他左手拿下枪，右手拣了一块拳头大的碎石，朝草丛里掷去，一块、两块、五块、八块、十块……

一只高大的苍狼龇牙咧嘴地哼叫着从草丛里窜出来，尽管杆子有心理准备，但还是吓了一大跳，他忙扔掉手里的石块，端起枪奋力去追赶苍狼。

苍狼就是受伤的公狼!

不堪伤痛、炎热、疲累与干渴的公狼，躲在青石背面的阴凉里喘息了片刻，现在被石块赶出来了，杆子看见它肚腹的血洞了，那里仍淌着血，还有一截白花花的肠子从血洞里掉出，就那么悬着，在草丛里划拉着。公狼的步子明显蹒跚了，但它仍奋力跑着，脑袋一点一点地，对紧追在身后的杆子，偶尔回过头来，吼一声，露出凶残的目光和白森森的牙齿。

杆子心里掠过一阵狂喜，他知道这只公狼已经是在挣扎了，他完全可以对着它的后腰再放一枪，把这家伙彻底放倒。但是杆子不，不无谓地耗费子弹是一个方面，重要的是他要和它较量到底，看它到底还能坚持多久，到底还能逃亡多远。

杆子抱着这样的较量心理，在伤狼身后猛追着，他看到那个血洞里依然有黏糊的血流出来，同起初不一样的是更黏更稠了，而那一截肠子头被身边的草丛荆棘划拉着，又拽出了一大截……杆子的心里涌出一股邪恶的报复的快意，他要让眼前的畜生在极度疼痛难忍中，还得甩动四蹄奔跑。这时候他反而抖擞起了精神，两条竹竿长的细腿轻捷地跨动着，紧追伤狼不舍，嘴里，不由得呼喊出粗重的脏话：

撵死你个狗日的！撵死你个狗日的！

伤狼无可奈何地慢下来，但它仍然蹒跚着跑，脑袋更费力地一点一点，那是在使着浑身解数，它已经无暇择路了，就在草坡上兜起一个又一个大圈子。它的蹄腿终被一块青石猛绊一下，前腿扑地，后身借了惯性仰翻了一个跟头。它抖动起来时，嘴巴四周已溢满了白色的泡沫儿，它无力再跑了，站在低矮的草丛中，充血的双眼仍凶狠地盯了杆子，喉眼里发出了示威性的低吼，嘴巴又大张开来。

杆子觉得枪杆上的刺刀该发挥作用了，这大半天里，它闪着白白的寒光，一副虚度光阴的样子。杆子伸缩了一下双臂，两腿不自觉地蹬成了一个弓箭步。他奋力地端枪朝前戳去，“噗”的一声，刺刀准确无误地从公狼的伤口猛插进去，趁势搅了几搅，让刀刃在里面有一个大力度的切割和划拉，用力猛地回抽，他拽出血淋淋的刺刀。

公狼还有跃起的企图，只是脑袋颠了一颠，一双狼眼怒视着杆子，扑腾一下，斜倒在草丛里了。

此时的狼眼圆圆地定格着，对视着正午的太阳。

杆子忽然感到浑身乏力，筋骨像被人抽去一样，他有些后怕起来，假如此时那三只苍狼卷土重来，他真无力对付它们。

为了壮胆，他咬牙朝远处又放了一枪。

杆子哥——杆子哥——我来了——

杆子看到青皮远远跑过来，青皮是听到上一次枪响后，从山峁跑来援助杆子的。

杆子已无力应答，他疲软地倒在死狼身边的草坡上。

第十章　塬生涉险，狼窝取崽

猎杀苍狼的兴奋感刺激着古塬村。

杆子成为第一个打狼英雄。

那天杆子和青皮用一根山桃木棍子抬回死狼时，全村的老老少少几乎都围在大槐树下的场院里好奇地观看。尽管是死狼，这东西依然有一种威力，老人与娃娃家还是离得远远地瞧稀奇。只有几个胆大的青年人，在狼身边指指画画，青皮将死狼扶立起来，两臂挟着它朝人堆里跑去，吓得妇女娃娃家一阵阵尖叫。

村长王社火见槐树下聚集的人越来越多，就利用这机会召开了一次社员大会。

王社火清清嗓子，说：今儿，和以往的逢年过节一样，是咱古塬村的喜庆日子，咱们的打狼英雄，把第一只苍狼猎杀回来了，以后，还会有第二只，第三只……大伙知道，近一个时期，苍狼频频侵犯我村，叼我猪娃，啖我羊群，甚至残害我们的娃子，严重地扰乱了咱们的生活，干扰了农业生产。咱古塬人不是吃素的，血债要用血来还！杆子做出了榜样，为追杀这个家伙，杆子忍饥挨渴跑了三四十里山路，杆子是好样的！这种精神鼓舞我们，抓革命，促生产，建设好咱们的古塬。现在我宣布，给打狼英雄杆子记工分五十个，以资奖励。

杆子呢，杆子呢，怎不见杆子？有人问。

青皮说：杆子这会儿正睡得死沉，在梦里又打狼去了。

众人见是青皮，笑着激他，青皮，下一回就看你的了。还有塬生呢，你俩可不敢白白地挣村里的工分哟！

青皮的脸上一阵青，古塬生脸上一阵红，即使村人不激将，他俩也有压力了。

王社火建议，把死狼在古槐上悬吊三天，以灭苍狼威风，长村人志气。这三天夜里，打狼小组的成员就埋伏在古槐四周，以防苍狼报复。第四天，将死狼埋于古槐下面，做了粪料。

古塬生沉默着，压力不轻啊。

七个昼夜，他在涧沟没见着一根狼毛，倒是看见了一堆堆狼粪，也辨出了许多的狼爪印，就是没能寻见活生生的狼。

打狼也得碰运气吗？

古塬生不服这口气。他知道杆子是个很能吃苦的人，杆子可以在大热天的草丛里忍着一群群蚊蝇叮咬，死死地待上一夜，坐等苍狼的出没。杆子也可以甩开两条长腿，拼命追赶伤狼，为节省一粒子弹，不惜跑三四十里山路，直到撵上伤狼。古塬生没有杆子那样吃苦能受和倔强脾性，但古塬生会动脑筋。就说平日里过光景吧，杆子家是靠辛辛苦苦喂猪养羊来赚取一点生活费用的，日子还是过得紧紧巴巴。古塬生也养猪羊，但古塬生脑子活泛，仅仅是他走乡串村的鼓乐班子，他敲敲打打手中的铜钹，一年下来赚的钱比喂猪羊不少，还落个肚子圆哩。这是人和人思路的不同，干的路数也不同。古塬生绝不会像杆子那样豁出身骨打狼，古塬生得琢磨一套猎杀苍狼的办法，确切地说，古塬生要走一条既打狼又省劲的捷径。

沟深涧幽，荒草乱石，那条捷径在哪儿呢？

提了长杆猎枪的古塬生，一步一步，缓慢而艰难地行走在山沟石涧里，缓慢而艰涩，他走几步就要停留一下，勾了脑袋细细察看、辨识。他想通过苍狼的粪便和蹄爪印的蛛丝马迹，一点一点摸揣到苍狼的居住处——狼窝。

不入虎穴焉得虎子。古塬生还记得早年间读中学时学过的那句成语，不进入老虎窝里，怎么能抓住小虎崽子呢？同样的道理，不找到狼窝，怎么能打住野狼呢。古塬生倒没想着一定要抓住小狼崽，他想的是一定要找到神秘的狼窝，狼窝是苍狼每天的出进处，他埋伏或藏匿在狼窝附近，猎杀苍狼的机会无疑就很多很多了。

当古塬生确信被苍狼叼走的儿子已无法生还的时候，他的心像被刺了几十刀，血淋淋模糊一片。但古塬生毕竟是男人，是一个当家的男人，他不能因此趴下再站不起来，当他被村邻好友如王社火、杆子和青皮，还有村校的闵先生耐心劝说宽慰之后，古塬生就把心疼深深地抹去了，但从心域里长出的，是一株茁壮的复仇萌芽，它随着日月积累也愈加粗壮硕大起来。他必须在他能跑能颠的年月里亲手弄死最少一只恶狼，最好是在村南的涧沟里，因为那只叼走宝儿的恶狼，就是逃往涧沟的，不弄死一只狼，他就对不住可怜的儿子，他这一辈子都不会心安理得。

好在天赐良机，当苍狼猖獗，遭到公怒的时候，村里的打狼小组成立了，他作为猎手的后人且对狼有铭骨大仇，成了小组成员。这样，猎杀苍狼的计划就名正言顺，可以立马实施了。既可报叼子之仇，又能为民除害，既可以享誉乡里又能赚得可观的工分，一举数得，何乐不为。为儿子报仇的烈火还有其他的附加条件这时候全化成一股强大的动力，驱使着古塬生，要胆大心细，沉着谨慎，深入涧沟，探寻狼窝。

前些年，古塬生不止一次地听了亲姑姑古婆子给母狼接生的故事，他一直以为那是姑姑的酒后之言，不可以当真的，如若果真那样，狼是神狼，人是神仙。他也想到那是姑姑的另一种自我吹捧，她接生的名气，大到野狼都知晓而邀请的分儿上了。古塬生弄不明白，方圆村落里已有很大名气的姑姑，为何还要如此吹捧她自己，且吹得如此邪乎。古塬生不信，但古塬生却记牢了姑姑讲述时，故事发生的地理位置和地理特征。当然还有具体方位，姑姑显然说不清具体方位的，这就有了含混性和可疑性，这就让人问不出什么破绽来，朦胧月夜和幽黑的石沟便可以掩饰一切……

不知什么原因，当朗日晴空下的古塬生一人在涧沟丛深处摸索寻觅的时候，就一遍遍回忆起姑姑古婆子的那个近乎荒诞和神奇的传说，他细细留意着，把目击到的他认为可疑的地形特征和传说中的地形在想象中做一下对照。

塬生少年的时候，作为猎手的老爹还正当壮年。印象中的老爹除了带这杆猎枪还要带一条猎狗，他常常出没于东山和涧沟，以捕猎野兔为生。据说那时野兔成灾，成群结队地窜至庄禾地里，三天两后晌便可吃光一大片苜蓿地，或是三五亩玉茭苗儿。老爹猎获野兔的方法很多，除了打土枪外，他还下绳网设木夹，所以整年都有吃不完的兔肉卖不完的兔皮。当然老爹还捕获其他野兽，如山獾、山狐、山鸡、山鼠、山猪、野羊、山狍，他最大的收获就是打死过五只山猪，可是，从没见过也没听说过他猎杀野狼。很小的时候，他曾问老母，爹爹敢打野狼吗？老母一把捂住了他的嘴，惊慌地说，狼是山神爷变的，咋敢打狼哟！他不解，野狼咋就成了山神爷变的，那山兔山猪山獾就不是了？

没多久老爹病故了。老爹的猎户生涯就成了古塬生的一段模糊而残缺的记忆。

应补充一点的是，昔日古塬村家狗很多，几乎每户一只。前些年王社火刚当了社长，有县里干部前来村里视察，有只狗倏忽间将县里干部咬了，酿成重伤，真是城里的娃山里的狗，实在太厉害。从那会儿起，王社火在全村发起了灭狗运动。结果是至今村里没有一只狗。

当时，古塬生家的猎狗是村里的最后一只狗了，它高大、机警、勇猛、听话，也悉通人性，它是老爹留给儿子的两件遗物之一。猎狗死后，就仅剩了这杆猎枪。猎枪在土墙上悬挂了多年，如今又派上了用场。

此时古塬生手持猎枪，小心翼翼地行走在有着光裸岩石和茂密青草的涧沟沟底里。

涧沟里好静寂，愈往纵深处走去，这种静寂就愈发显得幽深和空旷。

沟底点缀着各种形态的石块，有的如人形矗立，有的如兽形趴卧，它们大多是固定的。有石根栽在沟下的石床里，更有众多的圆滚滚的石块，在沟底的滩涧铺陈。它们是无根可依的活动石，夏日有暴雨狂风袭来，涧沟底就涌动着一条浊水长龙，卷了一沟碎石，裹着沟两旁的灌木树丛，以排山倒海的气势朝西边奔腾而下，把岩石的击打声和山木的断裂声汇成一片片恐怖的涌动。浑浊的浪头又把这种“恐怖”推涌着，掀翻到下游的沟洼里。雨过天晴，浊水泄干，沟涧里遗留下动物的死尸，也留下被洪水雕刻成奇形怪状的立石。

现在，古塬生就在一矗矗高大怪异的石头间穿行。已有一个月未下暴雨了，脚下的涧滩里有动物的各种粪便，和时而模糊时而清晰的爪痕，还有，新新旧旧长长短短的兽骨，兽骨白碜碜地亮在太阳光下，和四周的浓浓草丛形成强烈的反照。古塬生发现脚边有一只身躯细长的野猫死尸，腹部早已被掏空，一堆儿绿头苍蝇飞翔于左右，有浓浓的腐臭味儿传过来。

古塬生想不明白，是什么野兽会撕吃一只野猫儿呢？何况野猫儿身姿那么灵巧，行动敏捷。会是野狼吗？古塬生的头皮麻了一下，同时抓紧了手中的猎枪。

涧谷越来越深，两边的石崖也愈发陡峭，没有碎石的地方，或是从岩石缝隙里，有一丛丛叫不出名儿的杂树长出，不高，但异常茂密。这样的季节里，枝枝杈杈上都缀着硕大的绿叶儿，有的，还盛开着几朵艳艳的红花。

深谷的幽静中似乎飘荡着啸啸的风，能听到，却感受不到。

古塬生是第一次走到涧沟的纵深处。平时，是绝不会来这里的，这里没有村里的地亩，就是农闲时砍柴火也不跑这么偏远。牧羊的青皮可能一年中偶尔来一下，除非察看到这里有非常青嫩的野草。

忽然，眼前岩石上的一个小东西闪了一下，在太阳光下亮亮地又闪了一下，刺激了古塬生的两眼。他蹲下身子去看，且下意识地伸手去拣拾，他的心狂跳起来，这不是一块长寿玉么，这不就是宝贝儿子宝儿脖颈里吊的那块长寿玉石么。平时，一根红绳系了，吊在儿子的脖颈里。这会儿，红绳早已失去了红色，且糟糟地一抓就断了，只有这块玉石完好无损，古塬生捏在手里，大热天的手心里有一缕惬意的冰凉。

宝儿——

古塬生痛苦地低吟一声，汹涌的血，在身体里滚动。他不能再想下去了，上下眼皮间就夹了饱满的两颗泪蛋儿，他硬硬地把泪蛋儿憋回去，把这块永远能唤起对儿子念想的玉石装进了内衣袋里。这片刻里他没动，没移动一下脚步，只是用眼睛四处寻觅着，看是否有什么脑壳、头骨……

什么也没有。

只有两堆新鲜的狼粪压在一丛青草上。

古塬生一下警觉起来。

一阵阴森的风从身边掠过，敏锐的他嗅出了风中夹杂着的一股浓浓淡淡的腥臊味儿。环顾四周，见沟涧南崖约两丈高处，有一块巨大的盘石，石盘四周，矗立着大大小小的石柱，而石盘正好凹在崖里面，既可遮风，又能挡雨。

难道上面有一眼天然石洞？

古塬生带着疑问，小心地踩着零乱碎石朝上攀爬。

腥臊味愈来愈浓烈。而越朝上走，石柱周围的荆棘灌木越杂乱无序。古塬生终于看到盘石后面的隐蔽处有一眼黑黑的洞口，而洞口之前的大石盘则相对平坦，石盘两侧，则是大小石柱和蔽日的低矮的杂树。

古塬生心一动，他忽然想起姑姑古婆子以前讲给他的为母狼接生的事，古婆子对狼窝前的讲述，与眼前的情景何等相似！难道，姑姑说的会是实情？他顾不及想这些了，他得考虑当下的他该怎么办。是藏匿在狼窝一侧的灌木丛中待机行事，还是闯进狼窝里，先放它狗日的两枪再看事端的变化？

一向谨慎的古塬生还是选择了前者。

他就藏在石洞对面仅有七八米远的一蓬杂树后头，眼睛和枪眼共同对准了那个神秘而可怕的石洞洞口。

凭古塬生的经验判断，这里无疑是一眼天然石洞。多年之前，或许几十年几百年前，这里可能是涧沟沟底，是每年夏季的暴雨洪水，冲刷掏开了石隙的松动处，才冲出一条绝不规则的石洞。后来，野兽们就利用它歇息穴居，便成了它们的安乐之窝。起初，也可能是山猪的窝穴，山猪渐渐少了，便成了山豹的窝穴，山豹也稀少后，它可能居住过山狸之类，但山狸斗不过苍狼，苍狼强行霸占了石洞，这里便成了苍狼的窝。

苍狼择窝是非常挑剔和谨慎的，首先讲究地势和环境，要远离人类，要特别偏僻，轻易不会被它认为的危险物所察觉。另外，洞穴仅有一个洞口还不行，有入口，也得有出口。一旦遇到险情，便可从另一个出口逃脱，而另一个洞口则是非常隐蔽的。有时候，组成一家的夫妻狼，会用大量的时间和精力，用一张利嘴叼衔许多软草硬柴，软草铺了地面，而硬柴则堆放在另一个洞口处，用嘴一根一根地别起来，叉起来，叉成“门”的样子，以防其他野兽的闯入。如果洞口太大，野狼会用脑袋拱着可以拱动的石头，拱到洞口，三块五块十块八块，尽量遮挡住多余的空隙，为了缩小洞口，还要再叼着树枝草藤，缠绕于石头上，把这一个洞口给“网”起来。这样，其他动物不会轻易闯进，而又不妨碍苍狼遇险时的紧急逃脱。

大约等了个把钟点，石洞仍没有一点点声息。古塬生坐不住了，他没有杆子那样的耐性和吃苦的劲。他对夜晚有一种与生俱来的害怕，尤其在这样一个偏远的沟涧，在这样一个野兽出没的荒沟里。

大白天，狼不会待在窝里的，何况是这样一个外出必有收获的季节。如果窝里有狼，那也保不准是病狼，或是走不动的老狼。

强烈的好奇和铁心复仇的驱使让古塬生坐不住了，他相信手中这杆猎枪的威力，它虽然没有步枪打得那么远，但它一开火便是一片浓烈的火球，火球里有炸药有铁砂有石子有铁屑，杀伤面积很大，不像步枪子弹只有那小小的一处，瞄不准就打飞了，打偏了。猎枪不会，一枪过去，即使不会致死，也绝对打它个浑身是伤，遍体烧灼或眼瞎或皮破或蹄腿伤残。

古塬生正要持枪起身时，眼前出现的情景让他又坐了下去，他好奇地盯着洞口——

洞口出现了一只毛茸茸的小家伙，傻乎乎的，嗅着什么，本能也使小家伙机警地眨动几下小眼睛，又低头在石盘上嗅着。

是小狼崽！

古塬生几乎喘不过气来，是激动和兴奋的期待，他端起猎枪。

这时候，又有一只同样的小家伙圪悠圪悠出来，毛儿短短的，茸茸的，追着第一只，嗅着，闹着玩耍。

两只小家伙仅限于在洞口前三尺内的石盘上，不肯远走一截儿。

古塬生还在等着，他期待洞口出现大狼或者再一只小狼崽。

或许是小狼崽在洞里憋久了，出来透透气，或许是刚刚睡醒小午觉，在洞口蹓跶蹓跶。

古塬生细细看着，看那小家伙呆呆的，傻乎乎的，实在是可爱，他想小家伙可能还没出了满月，从它们蹒跚的步态上和那一对纯纯的眼睛里能看出来。

古塬生曾听牧羊人青皮说过，母狼一窝能下七八只小狼崽的，可产下不久，小狼崽就不可避免地患一种眼病，红肿、疼痛，且因疼痛而不吃奶水，会一只只地死去，最后能挺过来的，也就是两三只。

村校的闵先生听到这个说法，专门在山坡里找到青皮，虚心而虔诚地向青皮请教，让他说得更详细些。青皮自然把知晓的尽量说于闵先生。

闵先生听罢久久沉思，之后说道：这也是大自然的规律吧，这是维持生态平衡，如狼崽降生不患眼疾，一个一个健壮地成活，岂不野狼成群，主宰古塬！

青皮感到闵先生的话实在太深奥，摇摇头，不甚理解。

古塬生又一次举起猎枪。

但他还是放下了。他确信此时的窝里已没有苍狼了，他使了一个小小手段。

轻轻放下猎枪，他从馍兜里拿出一块白馍，掰了核桃大一块，向狼崽慢慢滚去。

两个小狼崽显然看见了白色的滚动物，抬起小脑袋看了看四周，四周依然平静如初，便挪动小步，嗷嗷地轻叫几声，跑上前来，一嗅，一小狼崽便香甜地吃起来。

古塬生又抛出第二块，这一块他抛得离他很近，两个小狼崽欢快地跑过来。

第三块、四块、五块滚出去……两个小狼崽几乎在他身边了，小家伙忘情地嚼着白馍馍。

古塬生瞅准了机会，牙一咬，伸出两手，身子前倾着，一手一只抓住了两个小狼崽。

嗷——

嗷——

两个小狼崽叫几声，很惊慌也很困惑地看了这个不速之客一眼，就不叫了。古塬生脱下他的宽大衣衫，像包袱一样，把两个小家伙裹在里面，当然，那两颗白馍也放在里面了。

意外的收获使古塬生一阵阵欣喜，一手提了小狼一手拣了猎枪，他撒腿跑离了狼窝……

那时候日头高高地悬着，天色还早。

古塬生脚底生风，一口气跑上了涧沟的长坡，他的一只鞋子也跑掉了，却浑然不知，回头朝幽深而偏远的涧沟看了一眼，心里咚咚狂跳仍有些后怕，但脸上绽开了多日未曾有过的笑容，极绚烂，极璀璨，像这个季节的一朵月季。为了宣泄兴奋也为了消除后怕，他将猎枪对了幽幽深沟，轰地放了它一家伙。

第十一章　社火设计，步步为营

王社火是在场院的大槐树下召开社员大会的，总结农事安排农活之后，就着重把深入狼穴，猎获狼崽的古塬生表扬了一通，最后宣布，让会计给古塬生记一百个工分。他说，狼崽也是狼，崽子也按大狼计。

古塬村人这回可是大饱眼福，平时，都是谈狼色变，谈狼窝腿软的，谁料想，古塬生就从狼窝里掏回了狼崽子，这可是旷古稀有的奇事哩。那一对小狼崽成了村人的小稀奇，看也看不够。老槐树下，村人围了一圈又一圈儿。

在之后的村委扩大会上，古塬生提出，那对小狼崽得由他亲手处死以解丧子之痛。

村委们默默地不吭气。古塬生的做法大伙都理解，觉得恶狼就应当有恶报的，吃了人家古塬生的儿子，就得由古塬生亲手处决掉它的崽子，合情合理。

青皮眨巴眨巴眼窝，迟疑了片刻说：塬生哥，你可知道，狼这鬼孙子，心太短，报复性太强，它可是能嗅着气味，寻到村里来的。你弄死狼崽，它以后就会设法报复村里呢，说不准还会弄出啥乱子……

青皮的担忧不无道理。

村校校长闵生灵先生见大伙又陷入沉默，便站起来，柔声细气地说：苍狼有罪，狼崽无辜，苍狼理应受到惩罚，可狼崽子么，说到底是一对傻乎乎不晓世事的小畜牲，倒不如将它们放生罢了，也显示了咱古塬人的大度和宽容。再说，生物学上也讲究个——

放生！闵先生，你这是咋了？

这不是放虎归山，放狼归沟吗？

万万使不得哟，人对狼发善心了，狼对人的心可铁硬着哩。这要看对谁……

大伙嚷嚷成一片，都拿了眼窝去瞅当头的王社火。

王社火这回一声不吭。

许久了，他打一哈欠，说：打狼小组的成员留一下，其他的人散会吧。

这样，杆子、青皮和古塬生就暂时留在村部里。

三人都用眼睛去看王社火，看他们的头有啥吩咐。

王社火压低了嗓音说：今天天黑前，咱打狼小组成员再分成两个组，我和塬生一组，杆子和青皮一组，每组抱一只小狼崽，一组到涧沟北，一组到涧沟南，各寻一棵高大的树，把小狼崽吊上去。记住，头朝下蹄儿朝上吊着，让小崽子不停地发出嗷嗷的叫唤声。

青皮会意一笑。

杆子愣了一阵，也咧嘴笑了。

古塬生起初有情绪，看看王社火一张深沉的颇富寓意的脸，也就同意了。

傍晚时分，王社火用兔肉喂饱两只小狼崽。

小狼崽满足地哼哼着，分别被杆子和古塬生抱了，一行四人朝村子南边的涧沟崖畔走去。

日头坐在西山顶上，红红的，像一颗刚从炉膛里夹出的火球，朝着四周溅一些火星。

火星溅到幽深的涧沟里，就逐一消失了，明明灭灭的，涧沟里便装了一沟的虚幻和神秘。

青皮他们知道，今儿晚上的涧沟里，绝对装着一个不简单的故事，这个故事充满了焦虑和急躁，书写着揪心和牵挂。当然，还有最精彩的悬念，就那么暂时悬着，如同片刻之后倒悬在涧南沟北两棵不同树上的狼崽一样，悬吊着呢。

故事的导演是古塬村的村长，兼着打狼小组组长的王社火。

如火的夕阳中，四人的身影朝着涧沟崖畔移去，崖畔侧，青皮和杆子要翻越到沟南，而王社火和古塬生就站立下来，他俩要在沟北的崖边，寻一棵合适的树。

沟北树杂，有松树、柏树、椿树、桑树、柳树、杨树、楸树、杜梨树、白桦树、野山楂树，还有形状怪异的无名山树。王社火和古塬生挑了许久，看到底把小狼崽吊在哪棵树上好。树不可太低，太低了苍狼够得着，也不可太高，太高了怕起不到最佳的效果。二人寻找了一会儿，选中一棵山枣树。山枣树有丈五高，树身粗粝，一丈以下没有枝杈，树下地势平坦，没有土堆石块可以借助。枣树躯干干硬坚实，上面枝杈也柔韧，不会因外力冲撞而断折的。

就这棵吧。

王社火看看山枣树，又看看树下地形，树下是一陡峭山坡，再越过几处石坎高垅，才可下到通往涧沟的土路，顺了土路，便是幽深的涧沟了。而站在山枣树下，又可以朦胧地望到涧沟对面，对面也是一丛丛高高低低的树木。

古塬生噌噌噌爬上山枣树，伸出手来，一把接住王社火递上来的小狼崽，此时小狼崽的两条后蹄早已系好了一条皮绳，古塬生就把皮绳的头儿系在一条粗枝上。这样，小狼崽就被倒吊在枣树上了。

起初，小狼崽还觉得新鲜好玩，一会儿便难受起来，两只前爪无援地蹬着，嗷——嗷——地叫唤。

古塬生不放心地又察看了一下皮绳，确信结实无比，才下了树。

二人蹲在树下，看着西山上变成一枚橘子的太阳，等着涧南边青皮发出的那一声悠长呼哨。

杆子的腿脚好快，翻沟爬坡越过涧沟，看不出气喘来，青皮紧紧跟在他身后。

沟南边柿树成林，柿树大都低矮，枝杈繁多，纵横交织，又有硕大青郁的叶子做掩饰，柿树便显出密不透风的样子。

把小狼崽绑在柿树上，太隐蔽了，狼能看见吗？

杆子犹豫起来。

狼的嗅觉特好，不愁寻不到这里，但是，太隐蔽了，给老狼带来一种安全感，不如把小狼崽绑在显眼的光秃的树上，让老狼觉得不安全。青皮这样分析着。

二人终于寻到了一棵枯死的老柿树，它枝干粗壮高大，枝条光秃秃的。

枯树下，是一大片粗砺的石头，石头尖尖的，硌着人的脚。

好！就它了。

青皮轻叹一句，像猴子一样爬了上去，他手脚麻利地把小狼崽绑在了最高的一个枝杈上，枝杈晃悠着，小狼崽困惑而惊慌地叫唤个不停。

杆子哥，就这么吊着，这小狼崽不知能挨多久？青皮问。

这要看什么天气了，如果下一夜暴雨，再暴晒一天，它就完了。

青皮听了，神秘地一笑，说：今儿晚上，可有好戏看咧，咱王头儿能想出这等点子来，水可真够深的。

杆子有同感，赞道：这就是当头的和普通人的不同。行了，快给对面发个信号吧。

青皮点点头。他把嘴圈成个喇叭形状，对着沟对面，发出一声悠长尖厉的呼哨……

按照王社火的安排，打狼小组全体成员今晚睡一个好觉，第二天天亮后，再一同到沟北或沟南的枣树柿树下，看看有没有奇迹发生。

第十二章　涧沟母狼，走向圈套

今天涧沟母狼回得很晚，它不是刻意要这样做，它也想早些回来，早些见到自己的两个小宝贝，和它们欢聚在一起。可是，猎不到食物，涧沟母狼是不会轻易回窝的。

产下这一窝小崽不到二十天，涧沟母狼的奶水就无奈地断了，乳房一点一点地干瘪下来，怀孕时期的饱胀浑圆已不复存在，乳房变作空空如也的肉袋袋，只象征地贴在肚腹上。以往，产下的几窝小崽，都不曾出现过这样的情形，尽管每次都要经受失去几只小崽的悲痛。在产下小崽的十几天或二十几天后，小崽们无一例外地生了可怕的眼疾。起初，一对对小眼睛被浓浓的眼屎糊起来，贴起来，贴得小东西好难受好可怜，每每这时，它就和公狼一起，伸出长长的舌头给每一只小狼崽悉心地舔呀舔。可是，无论它们如何悉心呵护，小狼崽们的眼睛还是肿了，胀了，且泛了可怕的猩红色，疼痛与难受使小崽们整日哼哼唧唧，不思吃奶。再后来，便是一只接一只可怜地死去。每一窝儿，涧沟母狼产下五六只狼崽，总有三四只生眼疾死去，只有两三只勉强地存活下来。这一次，只存活了两只小崽儿，母狼因为伤悲的刺激，使它奶水全无，这可是以往没有的事情啊，真委屈了两只小家伙。饥饿使小崽过早地开吃了肉类，不过，那都是鲜嫩的兽肉，还是经它和公狼的咀嚼之后的软肉。

涧沟母狼在喂食中发现，小崽子特别喜吃野兔的鲜肉，更爱吸食野兔的血。每每捕猎回来一只野兔，小崽子就试图亲自去啃咬吸食，一副急不可耐的样子。在母狼的帮助下，小狼崽吃着野兔喷香的嫩肉，满足地哼哼唧唧，晃动着小尾巴。

这几天，公狼到东山那边更遥远的深山里去了，是同伴相邀去的。那里，近日出现了一群野猪，有大有小，公狼试图在近两天捕杀一头小野猪回来，一是给母狼产后的身子补充营养，再者呢，它们也确实面临着断顿的尴尬，还有两只小家伙嗷嗷待哺呢。

这一阵风声很紧，它们在晚上是不敢轻易到附近村里去了。无论白天或是夜里，在空旷的东山山峁，或是幽深的石涧土沟，偶尔听得见脆亮的枪声，那可是不祥的可怕的声响啊！果然，在东山上，就有一只东山公狼中弹受伤，被人活活追杀致死了。东山母狼的耳朵也被子弹打得血肉模糊，好险，如没及时逃脱，再有一枪打来，脑袋还能保得住？

看来，危险程度已是日甚一日了，石涧土沟再不会有以往的宁静。涧沟母狼和涧沟公狼曾做出打算，等到它们的两个小崽长到半大，它们就远远地离开这里，到有野猪出没的深山纵深处。这不，公狼先去了那里，一方面捕杀其他兽类，而大多的时间，是在寻找一处可以居住的洞穴。眼下，母狼看家，它得照护好两个小家伙，保证每天要喂它俩一只野兔子。

夏日不像冬日，落一层薄雪的冬日清晨，是猎获野兔的绝好时间。要出窝觅食的野兔，被白茫茫的雪野晃着眼睛，一时间会迷茫和困惑，眼睛大半天不能适应野外白亮亮的光线，而昔日疾快的蹄爪，也被一层初冻的薄雪所阻，奔跑的速度大减。在沟涧大片大片缓坡地里，不时便会蹿出一两只野兔来，狼只要耐心地等候在某一处，一旦发现目标，飞奔过去，便可以逮个正着。夏秋两季，田野上土坡里的隐蔽物太多，处处是庄稼和野草，处处是荆棘和灌木，遇到险情的兔子也是急中生智，仗着身躯矮小便会藏匿起来。昨天吧，就是昨天下午时分，涧沟母狼眼看就要追上一只灰色的野兔了，可是这小东西一个转身就钻进山坡边的酸枣刺丛中了。夏日的酸枣藤，除有一团浓绿的叶片外，新新旧旧的圪刺锋芒正锐。奔跑的惯性和追杀的雄心使母狼也窜进一个身子，但是它错了，浓密的刺藤缠绕着它，坚硬锋利的刺尖扎破了它的嘴它的脸，好在它粗励的皮还不畏惧这些，否则就要全身受伤了。待它挣脱出来，发现那只钻进藤刺中的野兔已从另一头出去了，野兔又迅速地钻进了一片浓密的胡麻地……

涧沟母狼怅然若失，无奈地站在荆棘丛边，望着大片绿得流水的胡麻地神情沮丧。

今天，它又盯上了一只野兔，这只兔子，比昨天的那只要肥大一些，圆滚滚的，因为肥胖，奔跑的速度就要相对缓慢。那是在一大片斜长的山坡里，半尺高的野草对疾跑中的兔子无疑是最大的障碍。兔子只能顺着山坡朝上跑，它绝对不可以朝下跑，朝下跑，因速度太快是要栽跟头的，只要一栽跟头便被野狼所获。而朝上跑，平缓的山坡地除了半尺高的蒿草外，再无可藏身躲祸的荆棘庄禾之类，母狼追得快疾，如一支苍色的箭，直朝兔子射去。眼看就离尺把远了，母狼的前爪只要一跃，就可以压住野兔的腰身。就在这时，野兔的面前冒出一口黑幽幽的洞穴，那是野草丛下的一眼小兽的地窝，已无力逃脱的野兔趁势钻了进去。说也怪，那洞口不大不小，谨慎的野兔平时是绝对不敢钻这种不明不白的地窝的，谁知里面是地鼠、禾鼠还是山狸山獾山刺猬，抑或是一团盘踞的毒蛇呢，此时野兔慌不择路，斗着胆子一头钻进去了，并朝纵深里走了一截儿。

母狼好不懊恼，眼看到口的美食就这样倏忽间钻进地窝去了，难道这是野兔的地窝吗？

母狼绝不甘心就此作罢，它嗅了嗅黑幽幽的洞口，就用两只锋利的前爪抓挖开来。山坡土质松软，洞口立刻被挖进去许多，它又转过身去，改用两只后蹄去奋力刨挖，一时间土粒四溅，洞口又被掘进去许多。地窝洞口处已经被掘成一个深深的土坑。

洞口依然黑幽幽的。

母狼一不做二不休，它索性使用了最后的也是最绝的一招，将它的长嘴深深地从洞口探进去，两只前腿卧伏在坡地上，胸腹也紧紧地贴了地皮，肚皮顿时瘪成一张皮，那是在发力呢。然后猛然一个回吸，是在奋力吸吮地窝里的空气，应了它一下又一下深长的吸吮，地窝里被吸出一种沉闷的回声，哞——哞——像一只山牛在憋屈地怒吼。

吸吮了十余下，母狼的整个脑袋全钻进地窝去了，一探一探地，两只后腿紧紧蹬地，而两只前腿全贴在山坡上了。猛然间，它的脑袋一个用力扯拉，一个奋力回扬，那只肥壮的野兔居然不可思议地被它的长嘴叼住了，并拽出了洞口。野兔在母狼尖利的牙齿下，痉挛了全身，两只善良的兔眼都惊恐地瞪大了……

涧沟母狼没有换口，它知道，只要不换口，野兔就还活着，只是被它咬伤了，它要这样一直叼着野兔，踩着愈来愈浓的暮色，回到距这儿还有相当距离的盘石凹处的窝洞里。它知道，它的两个可爱至极的小狼崽一定等它等急了，也一定饿极了，小家伙会嗷嗷地叫唤着，在铺着厚厚的一层绵软的干草上兜圈圈。或许，也会因为待在窝里太着急，会走出洞口来的，不过，放心好了，两个小东西顶多会在磐石上转两个圈子，只要听到外面的任何一点响动，或者看到天色一点点暗下来，小家伙准会听话地回到石洞深处。这是一种本能，也是在产下它们十余天后作为母亲的它，对小崽子的一点点启蒙。

今天，这只肥硕鲜美的野兔无疑是小崽子的一顿绝好美餐。但是，母狼先不换口咬死它，是有母狼的一片良苦用心的。野兔受了重伤，还没死，母狼在石洞里放了它，它依然会企图逃离狼窝的，这就为自然地训练小狼崽，提供一个大好的机会。母狼就要从这只肥大的野兔开始，教它的崽子们，如何学会追捕和抓咬，面对和狼崽们体形差不多的猎物，不惧不怯，首先要敢于上前，敢于开口撕咬，这很重要，这是启蒙的第一步。它不仅仅是一个学习猎获技巧的开始，也是健全和锻打小崽子幼小心理的不可或缺的步骤。还有，对各种气味的辨别，对胆识与勇气的培养……只要逮过十只野兔，如此这般地捕猎演习过，它的两只小狼崽定会很快成熟起来的。起初，它们不愿意或不会下口撕咬，饥饿使它们迫切地想吃到现成的嫩肉。这不成，作为一只狼，既然来到这个世界上，就要自小有一种饥饿意识，还有阅历，只有饥饿的胁迫才能生发出捕获的动力。在其后漫长而坎坷的生命旅程中，饥饿能算什么呢，比饥饿可怕的事情要遇到千千万万呢……

涧沟母狼满心欢喜着，且怀了圣洁的母爱和一份使命，小跑着就要回到它居住了好多年的窝洞，它觉得这是一个美好温馨的夜晚，虽然公狼不在，这毕竟是个遗憾，可它们早过了耳鬓厮磨的年岁，有两个小崽子，它的心里就注满了喜悦。

一踏上硕大的石盘，母狼警觉地嗅到了一股异味，再一嗅，那是人的气味儿啊！母狼的双耳一下子竖起来，它分明意识到了什么。几年来这里从没有人的气息，一股不祥的预感罩上心头，它急匆匆进入自己的石洞。

石洞此时已幽黑一片，母狼没有感受到平时进洞后小崽们嗷嗷地撒娇和将它围拢的喜悦，没有，今儿的石洞里出奇沉寂，幽黑烘托着空旷。它一直走到铺有厚厚的狗尾草的窝心里，仍没有小崽的踪影，它怕那傻傻的小东西调皮捣蛋钻到洞口另一边的隐蔽处，便一点点去搜寻，没有，还是没有！母狼焦急了，恰这时嘴里叼着的野兔不识时务地挣扎了一下，母狼急火攻心，一扬脑袋，将兔子用力甩到石壁上，见它还有跑动的企图，又一口下去，“咔嚓”一声，长而锋利的牙齿将野兔脑袋咬得粉碎，它无心去撕烂兔子，放置于一边，就跑出了洞口。

夜色如墨。从高悬石崖的灌木丛里，传来一声声猫头鹰的怪叫，叫声使幽深的涧沟更显得空洞和迷茫。焦急的母狼此时抓心挠肺，几声哀嗥发出，是对小崽的呼唤，也是宣泄心底的焦虑。四周依然死寂，母狼嗅着小崽扩散开的特有气味儿，走走停停，穿越在夜晚的沟涧里。它此时什么也没想，什么也顾不上想，只是一心要找到它的两个小宝贝。两个小家伙多可爱呀，它们已开始模仿它和公狼的一些动作了，身体一天一个样子，长得好快。涧沟母狼每天在外猎食时，心里总是牵挂着两个小崽子，它们现在会跑会跳了，有机会就想离开黑幽幽的石窝，到外面的太阳下，看绿的树，青的石和浑黄浑黄的土塬。洞外的景色好迷人，诱惑它们的东西太多太多了。它们还太小啊，哪里懂得涧沟的可怕和土塬的险恶，稍有不慎，就会碰到山猫、野猪、山鹰，就连贼山狸也敢撕咬小崽的。但是，最为可怕的还是人，是那两条腿下沟爬坡的人，他们简直是天敌。野猪之类靠蛮力和嘴巴攻击对手，人却不同，人太狡猾了。他们那一颗颗并不硕大的脑袋里，装着许许多多置对手于死地的孬点子，还有那两只手，能灵巧地使用让它们狼界无法明白的各样武器。对于人，狼是畏而远之，退避荒沟的，惹不起躲得远远的，不是在饥饿至万不得已的情形下，是不轻易也不敢冒犯于人的……

可是，在母狼出猎时，小狼崽居然被人弄走了，憨憨傻傻的小狼崽招惹他们了？如果这时候，能在涧沟里遇见一个人，母狼会恶狠狠地扑过去，咬断他的喉咙，撕开他的肚腹，掏空他的内脏。

夜风从茂密的灌木里生发，顺着涧沟古道，呼呼地掠来。风中有野苜蓿花儿的浓浓馨香，也夹杂着一丝淡淡的小狼崽的气味。这气味，涧沟母狼太熟悉了，风把这气味稀释得淡淡的，但它却强烈地牵引着母狼，焦躁急切地穿越沟坎，踩踏岩石，时而迅疾如风，时而又狐疑徘徊，它是在涧沟的纵深处跑了出来，来到相对开阔的地段。这里，涧沟两边少了陡峭的崖壁，成了倾斜的大片缓坡，缓坡上不再是荆棘杂草和灌木，而有了各种乔木和一层层庄禾。这样的地段，对于苍狼来说是不可久留的地方，因为这里农人常常出没，或行走或劳作，还有一些匪夷所思的蹊跷行为，狼在骨子里是十分惧怕的。

涧沟母狼就是在这个地段忽然竖起了双耳，一对狼眼也眨出警觉的绿光，这儿不但嗅出了浓浓的小狼崽的气息儿，它还隐隐约约听到了小狼崽的啼唤。那不是平时在石洞窝中撒娇玩要的叫唤，是充满了痛苦甚至是疼痛的啼唤，这让母狼揪心不已。更让它揪心和急切的是，那声音居然从截然不同的两个方向传来——是涧沟的南方和北方。也就是说，它的两个小狼崽分别被人弄到两个地方了，就在离这里不远的涧沟的南坡和北坡。

嗷——

母狼脑袋贴着地皮，随之扬起来，发出对幼崽无比担忧的哀嚎。它居然在片刻里犹豫了，是先朝沟北跑还是先朝沟南跑，一北一南，都是自己的崽，都是心头肉，它恨不能有个分身术，分出两个它来，同时向两个方向跑。

母狼毕竟老到沉稳，恋子之情没使它失去理性，它清楚沟南虽说更荒凉一些，更偏远一些，有大片的树林和荆棘，但也离人们居住的地方稍远一些，这就相对要安全些许；沟北大多是青绿的庄稼，是田地，但沟北紧靠着村落，那就是古塬村。多年来，苍狼与古塬村人结下了多少数不清的深仇大恨，小狼崽落在他们手里，还能有什么好的结果。

涧沟母狼一阵阵后怕，它在转身向沟北跑去之前，又朝着沟南送去一声深长悠远的嗥叫，像是在临时叮嘱一下，临时安慰一下，那意思是：小崽崽，小宝贝，你不要害怕，先挺住，我先到沟北去，一会儿就会看望你，解救你，挺住啊，小崽崽……

母狼转身向沟北跑去，四蹄生风，像一支苍黄色的箭，穿越夜的浓雾，直向沟的北畔射去。无论跑动多么迅疾，身材多么高大，苍狼的四爪是没有任何响声的，特别是在这有青石黄石红石块自然铺就的沟坡上，更是悄无声息，神速利索。能听见的，是一股一股短促的风，呼呼的，飞跑的身躯劈开夜雾的那种声音。

狼是大自然锤炼的神奇的运动者。它细长的腰身，瘪凹的肚腹，再由下面修长有力的四条腿带动，矫健柔韧，阳刚迅疾。它的四腿富有非凡的跃动弹力，在剧烈奔跑的时候，它的坚硬的脑袋微微低下来，仿佛要减少大气对它形成的摩擦。它在疾跑中的呼吸是深呼吸的那一种，七八个腾跃过去了，它的胸腹深深一吸，随后又深长地吐出，在一吸一呼之间，开阔和舒缓了因为狂奔而气憋的肺活量，同时为下面的疾跑又做了充足的铺垫。古塬村的杆子曾说过，十年前他刚从部队回到村里时，在涧沟深处砍柴时偶然遭遇过一只狼。他和狼都非常吃惊，因为相互间都没有意料到，没一点心理准备。但是，杆子心里不怯，他有一把锋利的镰刀，还有刚砍下的一根根结实的山木棍，当然，还有他年轻气盛的胆量。杆子万没料到，野狼同样不慌不忙，不紧不慢的样子，同样没把他放进眼里，他还发觉那时的狼眼里迸溅着高傲和不屑，它居然在他面前几丈远的地方蹲坐了下来，就那么凶凶地盯着他。杆子挥动镰刀大喊一声打狼——沟里回音大，喊声甩到对面崖壁上又弹回来。不远处有做着农活的农人，答话喊，哪里有狼啊——这一答一应声，狼，害怕了，便站立起来，但仍是不紧不慢地离开杆子，直到离他有了一段距离才撒开步子疾跑起来，这令杆子实在不解。还是后来牧羊的青皮告诉他，狼这狗日的家伙，见人后不会立刻跑掉，它是不肯失威风，不肯丢面子哩！那时候杆子扔掉柴捆，舞了镰刀，死命去追。杆子甩开两条长腿，直翻越了两座山头，拐过了三道山弯，他自信能追上那个傲慢的家伙，那个对他射出不屑目光的家伙，哪怕追上后劈它一镰刀，教训它一下，让它知道他杆子爷的厉害。但杆子根本无法追上，他领略了野狼轻松奔跑的姿势和让他惊异的速度。那简直是一团儿苍黄色的龙卷风，因为快疾，四条腿似乎不用着地，便轻捷地前去了，像飞，像舞，像一道土黄色的闪电……在部队，杆子见过良种大狼狗，也见识过它们的飞跑，但是，同野狼相比，那可真是小巫见大巫了……

此时，心性焦躁万分的涧沟母狼，正是用了惊人的速度朝沟北跑去。因为，它清晰地听见小崽哭一样的稚嫩嗷叫了，寻着叫声和愈来愈浓的气味儿，它仰首看到沟畔上，栽立着的三五棵树木，几棵树在夜的背景下朦胧成几个模糊的剪影，而小崽的哭叫声和渐渐浓起来的小崽身上的气息，大致就是从那里传来的。从沟底到栽有树木的沟畔，这中间是没有一条能直达的山路，哪怕像绳索一样的一条羊肠小道也行。没有，虽说是一面倾斜的大缓坡，缓坡当中布满了各色山石，地垅地坎，一丛一丛的荆棘和杂乱的野草，还有一大片大大小小的庄稼地，有一人高的玉茭高粱胡麻，也有半人高的谷子糜子和豆子，这都是它的大障碍。涧沟母狼得过庄禾地，或从地垅地埝上穿过，它既要快速奔跑，又得小心翼翼，辨识路线，还得应对随时出现的险情。

急切使母狼布满了勇气和力量，上坡和沟底奔跑不一样，沟底除了石头外，再无琐碎的东西，上坡有无法躲避的荆棘杂草，这得穿过它们朝坡上疾跑。母狼坚硬粗砺的皮毛和荆草们磨砺出哧——哧——擦——的声音，这声音初听起来如同用一把利刀在切割一片苜蓿。母狼跑过的地方，荆棘杂草被野蛮踩倒，无形中便蹚出一条灰白的小路。

涧沟母狼终于又跃上几道垅埝，爬上几道陡崖，跑上了涧沟北坡，上到了北坡崖畔。它靠着灵敏的嗅觉径直找到了悬吊着它的小狼崽的那株高大的弯脖子山枣树。树下相对平坦，也相对空阔，被悬吊多时的小狼崽可能听到树下的动静，由于倒悬的难受和一直哼叫的疲惫，刚刚安宁下来的它，又开始了新一轮的嗷叫。

母狼来到这棵山枣树下，看到的却是令它揪心和更为焦急的情景，它心爱的小崽被绑了双腿倒吊在高高的树梢上，可能知晓了它的来临，更为痛苦地也更为紧凑地哭唤着，每一声哭唤都像一根坚硬的山枣刺，深扎进母狼心里。它仰首低叫着，是在安慰，是在哄劝，之后便围着山枣树转圈子调整。

几圈转过，母狼失望了，四周很平坦，没有可依附的土堆或是地垅供它朝上攀爬，它若退后一段向树下猛跑，再借助惯性一个腾空跃起，只要跃起的那一瞬能够得着它的小崽，在那短短一刹那，就能用锋利的牙齿咬断绑缚在小崽后腿上的坚实皮绳，从而把小崽接在怀里，再用背部着地下来。母狼是能在短短时间里完成这一套动作的。可是，这偏偏是一棵高大的山枣树，而小崽又被悬在最高的一根树杈上，它跃起得还不到一半儿高。如此几番，只能重重地摔下来，它喘喘地站立在树下，无奈而焦躁。

山枣树梢此时在空中晃悠着，起风了。

小狼崽如同打秋千一样，也被荡在空中悠来晃去，它更痛苦地哭唤，它的哭唤是声嘶力竭的那一种，一声长一声短，把它的委屈和害怕全宣泄出来，同时，可能过度害怕，它哗哗啦啦又拉又尿。由于倒悬，屎尿稀水从身上和脑袋上流淌下来，落在树下面。

狼崽的情状让母狼心如刀绞。它到树身跟前，探出脑袋，张开大嘴，它用白森锋利的牙齿啃咬树身，只有咬断树根，山枣树才会倾倒，它的小崽可能还有生还的希望。

可是，出乎母狼意料，山枣树木质坚硬无比，它啃咬得牙根生痛，也只是将树皮划出几道浅痕，牙齿根本无法切进树身。

母狼悻悻地在树下走动，一个从容的决断又使它有了一线希望。它后退一截，又朝前猛跑，然后用身躯坚硬的部位猛撞树身，它想用这种办法使山枣树根部松动开来，直到树身树冠倒下去。

母狼又错了，这种冲撞只能使树身抖动一下，早黄的叶子抖落了几片，它的身躯却被撞痛了。

嗷——

小狼崽依然在树上啼哭。

母狼仰起脑袋，深情却无奈地哀嗥一声，它确实无能为力了。不过这只小崽子虽吊在树上，四周还没有危险之物伤害它。母狼还有另一个牵挂，拽心揪肺的牵挂，那就是它的另一只小崽还在涧沟的南边，那是一个黑魆魆的未知地域，是如同这夜色一样令它可怕的黑暗啊，它不可以长时间待在沟这边，它得安慰这小崽一声，赶快到沟南边去。

涧沟母狼又仰首凄切地注视了小崽片刻，就转身跑开了，依然是它来时的路线，它又裹进夜的幕帷，劈开夜的浓雾，尽管身边依稀回荡着小狼崽因为它的离去更加痛苦的啼叫，但还是急匆匆跳下地坎，射进黑幽幽的涧沟里去了。

第十三章　母狼救崽，喋血古塬

同是一道涧沟，南坡与北坡却有着诸多的不同。

北坡是阳坡，南坡是阴坡。阴坡少庄禾，却多一些自然生长的杂木，藤藤蔓蔓在这个季节里就亢奋地交叉缠绕，这给涧沟母狼的攀援疾跑又带来许多不便。但并没有减弱它奔跑的速度，对小狼崽惦念和牵挂的强烈情绪成了它今晚疾跑狂奔的动力。此时母狼的嘴巴大大地张着，每一口深长呼吸都伴随着它的每一个腾挪跃动。下坡时狼的后半个躯体催劲太大，两只前腿时有腾空之感，跑得太快了，很容易前倾摔倒，所以跑动时不可以淋漓尽致，得控制步伐和收敛节奏。上坡则不然，狼不惧爬山上坡，它的前腿激越前扑和后腿奋力蹬踏的特点适合往上爬。干瘪的肚腹和坚硬结实的胸肋两侧如同是助跑的器械，浑身上下干练精瘦得没有一点是属于累赘的物体，就连那一根长长的尾巴在奔跑中也自然地夹起来，不让它成为奔跑时的一点妨碍。

随着接近南坡坡顶，涧沟母狼愈来愈清晰地嗅到了另一只小狼崽的气息，这只小崽子它再熟悉不过了。在它害上眼疾的时候，难受得一连三四天不吃一口奶水，它嗷嗷地叫，是饥饿和痛苦的啼叫，但它却无力去吃奶头，是母狼探下脑袋伸出嘴巴，自己吃一口自己腹下的奶，再用嘴巴一点一点灌给这只小狼崽。起初，小狼崽不习惯这样，一喂，白花花的奶水便溢出它的嘴外，或者被呛一下，弄得愈加难受，又开始嗷嗷啼唤。看着那个样子，母狼甚至有些灰心了。小崽再不吃，它就要让公狼把它叼出洞外。外面有死去的几只小狼崽，小眼睛肿肿地糊着，永远也睁不开了，小小身躯弯曲成一团儿，被扔在石盘后面的草丛里……

但强烈的母爱使涧沟母狼又一点一点耐下心来，悉心地喂这只小崽，用舌头轻轻舔它红肿的双眼，舔去紧糊在上面的污垢，一天，两天，五天……小狼崽能吃奶了。一对小眼睛也奇迹般地睁开了，它慢慢走动着，成了一只活泼可爱的小家伙。但是，同另一只小崽子比，它的身骨显然要弱一些。母狼在断奶后的日子里，一直是用野兔的鲜血和嫩肉来喂养它的。母狼要它长得壮壮的，要它一天天雄健苍劲起来，可是……

小崽的气味浓浓地扑进了母狼鼻中，它想长嗥一声，让小崽听见，让小崽子知道它来了。可是一刹那，母狼又改变了主意，它不能轻易地发出叫声，在没有弄清小崽的具体地方时，尤其不可以这样。母狼根据它近十年的生活阅历和游猎经验，它知道此时应放慢脚步，悄无声息，绝不要急于接近小崽子。在一段不近不远的距离内，先细细观察周边情况，看是否有人所设的陷阱，它怕中了人的埋伏。人往往会把小崽子作为一个诱饵，诱骗它一步一步走进那个危险的圈子里，而它一旦不慎走了进去，一旦被一种急切草率的、莽撞冒失的情绪所左右，误进包围圈，那将是万劫不复，后悔终生的可怕结局，非但救不了小狼崽，还把自己的性命也搭进去了……

母狼身上凉飕飕的。

它此时在夜风里变得有了几分理智，它猫下腰来，就藏在一丛浓浓的沙棘刺的背后。这里，能看到南坡顶上的大致情景，能看到沟畔上那一棵棵有着浓密的阔大叶片的柿子树。它估计，它的小崽子极有可能就在某一棵柿子树下，或者，柿子树上。它的双耳忽地竖立起来，它怕人们对待这只小崽和涧沟北坡上那只小崽一样，悬起来，倒吊起来，那它真是无可奈何，而小崽子也受尽折磨……

一股股仇恨的情绪像这浓浓的夜色一样，包围着浸染着涧沟母狼的心。

那边，什么动静都没有。

母狼听到了小狼崽的啼叫声，隐隐约约，是的，是小崽断断续续在啼叫。

它真想马上跑过去，见到它的小崽。

它忽然听到一种声音，窸窸窣窣的，就在附近的草丛里，它立刻警觉起来。同时，为了缩小目标，更隐蔽一些，它将两只前腿趴在了地下。

“噌噌”的一阵响动，一只肥硕的山鼠从草丛里窜出，从它身边溜过。当那只山鼠忽然发现身边有一只庞然大物的时候，吓坏了，怔了一怔，噌地窜往山坡那边去了。

母狼松了一口气。

要在平时，它会一扑一跃射出去，只需动一只前爪，就会把山鼠踏住，稍一用力，山鼠就肉团儿一样瘫在它的爪下，成为它的一顿小小的美餐。别看那东西小，但肉很细腻，很丰腴，有一股别样的馨香。它叼了，会让小崽子去分享的。它还可以把山鼠弄个半死，会跑但跑不快，叼到小崽子面前，让小崽去捕去捉去抓去撕，去学一点猎获的最初步的本领。

这会儿，涧沟母狼没有这份心思，它也不敢贸然出动，一对绿幽幽瘆人的眼睛，死死盯着坡顶柿树一带。

夏夜的各种虫子欢快地鸣着，这都是些白天睡眠夜里活跃的东西，试图把幽静的夜弄得热闹一点。狼们不同，狼没有明确的白天与夜晚的界线，没有白天与夜晚的具体分工。在凝重苍茫的太岳山一带，特别是在太岳山余脉的古塬一带，狼作为一种野兽，由于受自然条件的影响，它们有属于它们自己的生活习性，不像其他地方，狼是喜好群体生活的，组成一个纪律严明的群体，好对付比它们强大许多的对手。古塬一带不是，这里的野狼似乎都偏爱独立的自由自在的生活，顶多两个一对三个一群地出没在涧沟与山峁上，那是一个小小的家庭式的群体。更多的时候是单个狼的出动，是自由的无拘无束的行为，这是古塬野狼所崇尚的。

夜晚，狼出没似乎更多一些，因为人们大都在夜里安歇睡眠，而在大白天它们也常常出现在山峁沟坡里，有太阳的时候并不是绝对地把自己囚禁在阴暗的洞窝，这又具体取决于它们食物的猎获情况。如叼走了农家的一头猪或一只羊，它们会一连几天待在洞窝里，吃了睡睡了又吃，足足地养够精气神儿，为下次的冒险猎捕做着各方面的准备。如果一连几天弄不到吃食，它们便会出没无常，甚或三四天在野外游荡，困了，找一个偏僻的角落，一个小盹儿便会解其累乏，之后便继续游荡，直到有较大的收获。无着落的生活和终年的山野奔跑使它们有着消瘦却无比结实的身躯。同时，遗传基因和生存环境也促使或逼迫得它们狡猾奸诈、诡谲、残酷、恶辣、凶悍，这是天性和自然的使然。由于这诸多的原因，狼作为富有特质的一种野兽它不可能不伤害到人的利益，无论是直接的间接的，甚或人的生命本身。这就酿造了千百年来的杀戮与仇视，怨恨与悲歌……

这悲歌日复一日地演唱着，它惨烈且疯狂，残暴又凶恶，残忍而野蛮，绝不像这个夏夜里的虫鸣鸟唱那么悠扬动听，那么轻松和谐……

涧沟母狼在夏夜的轻松和谐里匿藏了一大会儿，它没发觉崖畔坡头有什么异常，它不能再待下去了。小崽弱弱地啼唤一声一声重重地敲打着它的胸腹，震撼着它的脑袋，拽拉着它的心肺。它大胆而谨慎地走出草丛，由慢而快，它穿越了一大片刺丹丛和狗尾草，越过了一大堆有着尖利棱角的各样碎石，一个奋力扑腾跃起，它上到崖畔，来到一大片绿茵茵而此时有几分神秘色彩的柿树林下。

正如母狼担心的预料，它的小崽崽确实被悬着倒吊在柿树林中一棵相对高大枝干粗壮枝条却光秃的柿树上，随着气味，一下就找到看到了。悬吊小崽崽的那一棵，居然没有一片柿叶，小崽崽黑乎乎的一团儿，就那样，非常显眼地倒吊着。

母狼伤心地看过去，小崽崽在高高的枝条上挣着两条前腿，它的哭啼和北坡的那只略有不同，那只是声嘶力竭式的，不堪忍受式的，害怕又焦躁式的。而这只小崽不一样，蹬着小腿，却发出弱弱的叫唤声，低缓哀凄，有些傻傻地忍受的味道。这更让母狼揪心不已，这小东西生来就体弱，这么一倒吊一折腾，它真连大声叫唤的气力也没有了。小崽崽听到树下的动静，听到母狼殷切而焦急的哀嗥，它居然静止下来，不动也不叫了，它睁圆了一对小狼眼，在高高的黑黑的空中眨着，眨着，希望些什么，企盼些什么。

母狼把嚎叫变作一种低声的叮嘱，它的嗓眼里呼噜呼噜地喷吐着一串串热气，它低沉地收敛吼声，眼巴巴地仰看树梢上自己可怜的心爱的崽儿，它无计可施……当初，大自然在一片茫然与混沌中缔造它们苍狼一族时，把许多谋生手段和在险恶环境中生存的本领也同时赋予了它们，可是，为什么就偏偏没有给予它们上树爬树的技巧呢？如果像以前这一带的山豹山猴那样，能矫捷灵巧地上树，并且在大树的枝条间穿梭往来如履平地，如今这点麻烦算个什么呀，小崽崽也无须受这等惊吓，遭这份罪啦……

涧沟母狼百思不得其解，它在柿树下，徘徊流连却根本无所适从，这涧沟南崖畔的柿树林它是非常熟悉的。以往的许多个夏日里，在大晌午的毒辣日头下，它和公狼一起在柿树下的浓荫里乘过凉歇过晌午，那是在它们认为绝对安全的时候，更多的日子是在这片浓荫蔽日的树下，吞吃猎获来的猪啊羊啊，那可是放开手脚的大吃大喝。平时，人们喜欢说狼吞虎咽，饿狼在吞吃猎物时首先要后退几步，然后张开大嘴，猛地扑向前去。在扑的过程中，它的嘴就选择好了撕咬的目标，或前胸，或肚腹，或肌肉丰腴的臀部。它本身的力又借了助跑的惯性，使张开的嘴巴和坚利的牙齿一下就撕开了对方的肌肉，一个拽拉扯动，连毛带肉血淋淋的一大块就被它叼在口中。它大动着嘴，一张一翕，使肉块在嘴里变换一个可以下咽的最佳形态。这时，狼的喉咙里便生发出急切的对食物迫切需求的贪婪吼声，与其说是从喉咙生发的，还不如说是从蠕动的肠胃里生发的，那是一种极可怕极恐怖的声音，在这种声音的召唤下，一大块连毛带血的肉几乎没经过牙齿的切割，在另一种啪——啪——的声响伴奏下，吞咽进狼的肚子里了。

也是在这片偏远幽静的柿树林里，涧沟母狼和公狼一起，在古塬村的西侧西塬村叼了一个五岁男孩儿，那是个麦收已罢秋庄禾正旺盛疯长的季节，那男孩在村边的一个场院里玩耍，和他一块玩耍的还有几个大他几岁的孩子，公狼瞅准了一个机会，一口就叼住了男孩脖颈，往腰背上甩时没甩上去，就那么拉拽着仓皇而逃。意识尚清醒的男孩感觉到被拉扯得难受，下意识用双臂抱住了公狼脖子，而两条腿脚自然地搭在了公狼的后腿和胯间……它们一直跑到涧沟南崖畔的柿树林里，这中间公狼几次换口，男孩已被咬死。它们知道，过不了多长的时间，村民便会寻着血迹追来，它们必须抓紧时间在这片柿树林里迅速充饥。也是那种一扑一窜的动作，也是那个贪婪无比的恶样，这回不同的是，两狼一块动口，公狼吞食撕拽男孩的屁股；母狼一口便撕开了男孩的小小肚腹，狂啖鲜嫩的肠肚五脏。一刻工夫，风卷残云，二狼一头一脸的血迹，树下也已血肉模糊了一片……带了侥幸和不甚尽兴的情绪，它们飞似的离开了柿树林，朝涧沟纵深处的窝洞奔去……

撕吃孩子的情景，在夜雾里站在柿树下的母狼清晰在目。

柿树多事，这是古塬人的俗语。在古塬人的院子里，是不栽种柿树的，即使在涧沟南崖畔的柿树林，人们也很少光顾，除非收获柿子的日子，这是民间的讲究与忌讳。正是这种民俗与忌讳，使得这里变成了野兽们出没歇息的地方。如今，令母狼惊讶和担忧的是，它的小狼崽居然也会被人们倒吊在柿树上，这让它一筹莫展又焦急万分。

呜——嗷——

呜——嗷——

对着黑幽幽的旷野，母狼仇恨而无奈地哀嗥几声，便又绕着这棵高大的柿子树兜转了几个圈子。

小狼崽此时显得很是乖巧，可能它以为母狼的到来使它很快就能被解救了，便不哼不挣不闹腾，圆睁了一对小狼眼静静等待着。

母狼见柿树四周并无人的迹象，也排除了人为的险情，就知道小崽崽一时三刻里还不可能遭受到其他的危害，无论怎么着，它在高处，其他野兽不会伤害到它。倒是涧沟北崖畔的那只小崽令它担忧和揪心了，那边离村落近啊，人们说去就去了，随时可以把它的小狼崽毁掉的。人们会不会点燃一堆熊熊大火，把它的小狼崽扔在柴火堆上，看着它被活活烧死？人们会不会弄一条狗来，让狗一点点去撕咬小狼崽，或者……可怜的小崽崽呀！

涧沟母狼想到这里，仰首深切地看了小崽崽一眼，便转身跑了，它跳下了柿树下的埝垅，下面有一片棱角尖利的碎石，尽管它身子轻捷，但它的前爪还是被坚硬的石尖割破了，一股生痛立刻传到心里。母狼顾不及自己的疼，按原路又迅疾地返了回去，跃下涧坡，越过沟底，又朝了沟北的长坡跑去……

涧沟母狼这一夜里就不停地穿越和疾跑在沟南沟北两个崖畔之间，当然还必须越过深深的涧沟，当它一次次喘吁吁地上到沟北，看到依然倒悬的小狼崽安然无恙时，心里便焦急惦念沟南的小狼崽。那里那么荒凉偏远，万一有一只夜游的山鹰，看见柿树上吊着的它，岂不就成了凶残老鹰的一顿美餐？这样，母狼就又一次朝着沟南跑去，它的全身已被绿色的庄禾和野草染得油绿起来，粗砺的皮毛上被无数灌木和荆棘割开刺开了伤口，伤口渗出一片一片的血红，血红正与油绿交融在一起，涂抹着母狼的身躯。它的前后四蹄早已被碎石划破划裂，每一次跑动必然带来钻心的疼痛。

在夜风的拂荡里，母狼疾跑着。

在夜鸟的啼唤里，母狼疾跑着。

夜半的母狼草木皆兵，它觉得它稍有怠慢它的两个小狼崽就会遇到灭顶之灾，只有在南北两个崖畔不时地巡视察看，才能惊跑那些欲加害于狼崽的野兽或者人们。

母狼在大口喘气，它的整个身躯在跑动中喘息得如同农家烧火用的风箱，呼——哧——呼——哧，紧凑粗重的巨喘声，连同它奔跑中身躯同庄禾与草丛的摩擦声，在涧沟沟底和南北长坡上萦绕不绝……

夜雾在一点一点退却，涧沟的南北长坡上，渐渐清晰了一只奔跑中的苍狼身影。

东方显出了鱼肚的白鳞，大山与深沟的轮廓也渐次凸显。母狼仍在奋力跑动着，它的脑袋有些眩晕了，后来就吃力地一点一点越过一片倒伏的草丛，再一个腾跃，就能上到沟北崖畔了，就要又一次见到小狼崽了。可是，它没跃上去，它的身子重重地摔在坚硬的崖壁上，母狼不甘心，它吃力挣扎起来，又奋力一个腾跃。忽然，它觉得胸腹和鼻腔口腔一阵腥腥的咸涩，哗——啦——一声，一股股股的浓浓的血液喷吐而出，它的身躯随着倾吐的稠血在崖畔划出一道长长的血色的弧，栽落在崖畔下面了。

这时候一道鲜艳的朝霞破云而出，古塬的山峁和涧沟立刻裹上了晨曦的祥和。

青皮住的两间西屋，地势极高。每日清早，东山山峁射来的霞光毫无遮拦地投放在他的窗子上，像一枚红亮而硕大的窗花儿，把青皮早早晃醒了。

揉揉惺忪的眼窝，眼窝被窗纸上的一抹红亮切割一下，割得好麻好疼。

青皮醒来才知道，昨晚的梦里，无处不点缀着苍狼的影子。

这时场院大槐树上的铁钟还没敲响，古塬村尚沉浸在香甜酣畅的睡梦中。

往常这个时刻，青皮会在他的羊圈边了，肩上肯定是担着担子，至于是担土还是挑水，那得看具体的情由。担土垫圈，涮槽挑水，是他大清早必做的活儿，圈里圈外，被青皮收拾得干净利落。村人说，青皮把羊圈侍弄得比他的两间西屋还要周正麻利，这话并不夸张。

自那晚羊群被恶狼惨噬后，剩的十余只暂由一村中老汉所养，而青皮连病数月，刚能站立就加入了打狼小组，所以清晨早起的青皮便相对悠闲了。

其实青皮的心里并不悠闲，而是一天天沉重了。这种沉重是凶狠的苍狼带给他的，亲手将苍狼杀死是他近日最大的心愿。好在打狼小组半月来屡有成效，先是杆子捷足先登追杀了一只公狼，后是古塬生狼窝掏了两个小崽，今儿，又是王社火设计，意在谋杀狼崽之母，那只凶恶的涧沟母狼。现在，天亮了，不知王社火的计谋能否见效，青皮在家里一刻也待不住了，拿起那杆擦得油亮的步枪，出了院门。

说也巧，刚拐过一道巷弯，他便看见前面杆子的身影。杆子摆着他的两条细长腿，不慌不忙地走着。青皮三步五步赶上去，二人一同朝着村南涧沟走去。

我一夜没睡成样子，一合眼，脑子里就是种种日七八怪的苍狼，好不容易熬到天亮，想快些看看沟畔上，到底会有啥西洋景。杆子红着一对泡泡眼，却分外精神地说。

青皮就惊讶二人夜里的相似，说：谁说不是呢，一夜里脑子就闲不下来，苍狼游走个不停，脑仁儿都给踩痛了，一睁眼就想早些知道咱头儿的那个计策灵验不。

怕就怕母狼跑了，小狼崽倒给吊死了，母狼以后会疯狂地报复村里，杆子有些担忧地说。

青皮觉得是这个理儿，神色暗淡下来，心里狠狠地想，对付狼，不是我死就是它死，看来，以后的形势还非常严峻。

二人有一句没一句地拉呱着，渐渐地接近沟北崖畔了，脚步自然又加快了许多。清晨的露珠儿挂在草尖尖上，脚踩过后，就打湿了他们的鞋子和裤腿。

沟北树杂，青皮和杆子穿过一株株杜梨树、核桃树、桑树、椿树、山柳树、松树、柏树、榆钱树，还有一棵棵山杏树，最后在崖畔上，远远看到了那棵粗壮高大的山枣树，他们的脚步不由得停了下来。

山枣树此时裹进一片绚烂的晨霞里，树虽老，枣叶却是极青嫩极脆亮的。叶片在晨风里翻飞着，青绿中时时泛出一片悦目的青白来。

枝叶的高处一下就突凸出那一团毛茸茸的东西，苍灰而呈黑黄色的一团儿。那不是老山枣树结下的果子，山枣树绝对结不出那么一团儿不和谐的东西，那是昨天傍晚挂上去的小狼崽啊！小狼崽的毛色要比成年狼略呈一些黑黄，像一只毛茸茸的小狗儿。此时它被高悬在空中，是倒悬着，把那一条结实的山枣枝坠得微微倾斜了，在晨风里悠然地荡着。

每荡悠一下，它几乎要蠕动一下，用蠕动来证实自己的存活。

青皮和杆子走过去，他们低头去看树下。树下，原本有着半尺高的蒿草的，这里草也极杂，有笨芽，有刺丹，有狗尾草，有甜甘草，有蒲东果儿，有苦苦草，有野苜蓿……而此时野草早已东倒西伏，狼藉一片，那是昨夜涧沟母狼反复践踏所致。母狼坚硬利锐的蹄爪是可以刨开小牛犊的肚腹的，何况足下这一片柔顺的野草。这场景使青皮和杆子很自然地想象到母狼在这里是何等焦躁不安，来回走动，并且做过解救小狼崽的种种努力。

二人对视一下，会意却无语，同时抬腿朝崖畔下走去。

还没看到崖畔下的死狼，倒先看到了死狼一侧的大活人，他蹲着，黑乎乎一团儿，木木的，凄凄的，凝固了的样子，把青皮和杆子吓一跳。

是古塬生。

等二人跑下去时，古塬生固板的姿势稍动了一下，他用袖头揩了揩满脸的泪水。

古塬生身边的涧沟母狼早已气绝，它狼眼大睁，嘴巴大张，整个修长的身躯仍呈朝前腾跃的姿势而趴卧在地。在母狼的前面，是一大片腥味四溢的血迹，呈条状，撒在地上，撒在崖壁上……

这贼货，生生是跑死咧！

古塬生对二人说。

塬生哥，那，那你早就来了？青皮问。

早来咧，我看到它时，这家伙身上还热腾腾冒汗哩。

那沟南边有啥动静？杆子问。

古塬生答道：涧沟南畔我去了两趟，没发现啥动静，看蹄爪印子，夜里就这一只母狼在跑动。

杆子急着问：沟南柿树上的狼崽还活着吗？

活着哩，小贼货还在嗷儿嗷儿叫。

嗯，杆子听罢，若有所思。

我要第一个看到这只母狼的死相，我算做到了，它跃起后又摔在崖壁时，我刚从山枣树下过来。我看到这家伙惨死的现场，那一口腥血好像能倒一脸盆，哗地泼在了石壁上，泼在了身下的黄土上，浓浓的，稠稠的，好腥臊。它还想再挣扎着起来，脑袋和尾巴一起摆动着，扬着，抬着，无奈身子却不听使唤，沉沉地卧在地上，那只蹄子，也血肉模糊不成个形状了，蹄子也试图刨蹬，但一下比一下弱。母狼就那么抽搐着，每呼吸一下，便要咯出一口脓血来。它肯定看见了我，狼眼瞪着，呆呆的，仇恨十足的样子。我原想照准这家伙的脑袋或是肚子开一枪的，一想，又改变了主意，让这贼货慢慢死吧，一点一点遭着罪死吧……直到这家伙咽了气，我才觉得是这只母狼叼走我家宝娃儿的，没错，是这家伙，这仇算是报了吗？可这心里，又刀割一样难受起来，想起宝娃，宝娃的死，唉，我真哭不出声咧，也只有在这背人的地方，我才能尽情地抹把泪儿……

古塬生言罢，双眼又红了。

都过去的事，就别老想它，心往宽处放，往宽处寻思。杆子劝一句，摸出烟杆给古塬生递去。

不想宝娃儿的最好办法，就是再多打死几只狼，日他的，不管怎么说，你俩都亲手弄死狼了。塬生哥掏出狼崽又引出母狼，这只狼也可以说算是你和咱头儿共同弄死的。这些日子，我两手空空，真是无脸在打狼小组待了。那么多的羊让狗日的狼糟践了，这仇，这心里的气，多会儿才能出一口呢？我他妈真恨我自己！

青皮此时颇显出几分颓唐和丧气，他埋下了脑袋。

这回轮到杆子和古塬生劝他了。

急什么急，心急吃不了热豆腐。杆子劝道。

不用急的，三年还等一个闰二月哩。古塬生也劝。

说归说，劝归劝，三个人说说劝劝，打了一条草绳，把这只死狼抬上了沟坡，抬进了场院。

那时出工的钟已敲过，四五十号男女劳力聚集在大槐树下，听王社火分派活计时，就看见青皮杆子古塬生三人抬了一只死狼走过来。

其实从昨天晚上起，全村人就知道了王社火的用意，心里都存了一线盼望，还有一缕担忧，迟迟疑疑，忐忑不安地等待着晨起的消息。现在，消息果真变成了实物，一只死狼就这么在人们的期待里出现了。

喜悦和亢奋，再一次刺激着早晨的古塬村。

不到一个月，打狼小组的四个人，就猎杀了四只狼，有大有小，有公有母，可真神啦，看它狗日的苍狼往后还敢冒犯古塬村不！

有人这样兴奋地嚷嚷。

猎获这只母狼，功劳该归于咱们村长，是王社火想出了这样的高招儿，不费一枪一弹，不用一人一卒，就有了这效果，我建议这五十个工分，记在咱头儿的名下。

这是一个村委成员建议的，不用开什么村委会，大伙就鼓掌通过了。

王社火的一张脸尽管平静深沉，但晨霞还是将其“涂抹”得红亮了许多。他深咳一声，礼节性地谦虚几句，就对打狼小组的三位组员大加表扬一番，说他们有勇有谋，有胆有识；

说他们吃苦耐劳夜以继日；说他们不计名利大局为重；说他们为村除害英雄孤胆……最后他征求三人的意见，看他们还有什么要求和建议。

杆子眨眨眼，说：涧沟南北的两个小狼崽还活着，今儿是不是解下它们，卖到镇里的收购站，听说一只小崽可以卖到十多块，两只二十多，也可以给村里增加些收入哩。

王社火听罢想了想，对大伙说：杆子的建议，动机是好的，目的是好的，他立功不忘集体，精神值得赞扬。不过，我的意见是，我们古塬宁肯损失几个钱，也要打出我们的威风，让两只小狼崽就那么倒吊在树上，直到风干、风化，让小狼崽变成小狼干。这对狗日的苍狼是一种威慑，永远的威慑，壮古塬人胆，灭苍狼威风，大伙说好不好？

大伙齐声叫：好——

许久古塬生抬起头来，说：杆子打的那只狼埋在槐树下肥树了，这结局我一百个赞成。今儿的这只，看能不能由我处理，自我家宝儿没了后，我女人就得了心绞痛，脑袋也有了问题，一会清楚一会儿糊涂的，求了多少医生都看不好。恰巧，我那年迈的姑姑古婆子捎来话，她神神道道说，这病是心病，得吃了狼心狼肝才会好，最好是吃了吃宝娃儿的那只狼。这不，凑巧了，宝娃正好是被苍狼叼到涧沟的，我在狼窝边还捡到了宝儿戴的长命玉，十有八九是这只母狼了。我请求头儿答应我，就让我女人吃了狼心狼肝吧，狼肉我也会煮它一大锅，调料下得足足的，每个村委我都会送去一碗肉。如果还有谁想吃了，我古家大门敞开，任你空肚儿进来，饱肚儿回去……

大伙听罢大惊，自古至今，古塬村还没听说过有人煮吃狼肉的，并且是这种吃法，都拿了眼窝去看王社火。

王社火略一思忖，扬头便说：好！我答应了。古塬生，煮狼吃肉，挖心掏肝，这既可医病，又能避邪，还可以解心头之恨，何乐不为！煮好的第一碗狼肉，就给我送来，我这几天正馋着哩。记着，煮肉时，锅里多放些葱蒜大料哇！

王社火的答话又把大伙的情绪燃到了沸点。

该青皮说些什么了。

青皮说什么呢？

青皮涨红了脸，嗫嚅着，羞愧难当，一副尴尬万分的样子。最后，青皮牙一咬，脸一青，从紧咬的牙缝里挤出一句令大伙惊讶不已的话来——

五天之内，我青皮不把一只活狼背回来，我就不是青皮，我就是绿皮、白皮！我就是紫皮、黑皮！

第十四章　青皮立誓，计上心来

当着大伙儿，就说出了那样的话，那可是有些发毒誓的味道。

青皮连自个儿都奇怪会发出那样的誓言！居然还要背一条活狼回来，这，这不是昏了头吗？真是二杆子话，二杆子话呀！说出的话，泼出的水，是无法收回的，堂堂七尺男儿，打狼小组成员，他是在给自己找压力，五天时间，他把自己逼到了悬崖边，退路没有，只好咬紧牙关，赶紧干了。

青皮又一次上到他往常牧羊时不知来过多少次的东山山峁。

以前，青皮是赶着山羊和绵羊混杂的羊群悠悠然上东山的，山青草绿，羊群远看像一朵白云，在又青又绿的山上飘游。青皮放着他心爱的羊，在山坡里或坐或站，山坡里便有了一个牧羊者的优美造型。天真蓝，蓝得让青皮想掉眼泪，在山峁上往西看，近处便是他的古塬村，再远一些，是西塬村，南塬村，村落是苍黄的一簇，有一缕又一缕炊烟，从平屋顶上，从土窑洞上，斜斜地扭上去了。一个个黑黑的点儿，在村路上蠕动，那是忙碌的人和被驱赶的畜。朝东朝南看，是一座又一座山的逶迤，绵绵延延，没有尽头，青皮不知道，山那边还有没有人家。每每这时，青皮就拄了牧羊铲，朝着旷远旷远的山那边，亮一亮他粗亮的嗓门，唱一曲他在村里从不唱起的歌——

哥哥放羊上山梁，
折一节柳枝拿手上，
拧下来柳皮做笛笛，
吱哇吱哇吹响响。
妹妹听见柳笛响，
假装出来晒衣裳。

衣裳晒在绳子上，
瞭见哥哥的后脊梁。
妹儿止不住泪汪汪，
捂住眼窝进绣房，
娘问妹妹哭哪桩，
妹妹说小虫钻眼眶。
……

山风把青皮的山曲儿吹送得好远好远。青皮在东山上，禁不住想歌里的“妹妹”，那是个虚拟的妹，一想，青皮就喜滋滋的。青皮想女人，可是他无法得到女人，这是没办法的事情，青皮并不愁，没有妹的日月已有三十个年头了。青皮也这样过来了，青皮想，有羊群就行，妹么，在无人的东山里，他唱一唱就行咧。

是可恶的苍狼残害了青皮的羊群，使他丢了东山牧羊的美差。今儿个，青皮却牵了一只山羊，背着他的那杆步枪，还有水壶、窝窝头朝东山走来。

这只肥壮的山羊是青皮一个远房二叔家的，青皮问二叔借时，二叔并不太乐意。

青皮说：二叔，就借几个晚上，行吗，就几个晚上。

二叔不想问详情，那天青皮发誓时，二叔是人群里的一个，他自然听得明白，今儿青皮借羊，二叔知道青皮的用途。二叔担忧地看看青皮，更担忧地瞅着他那只肥乎乎的山羊，苍老的脑袋勉强点了一下。

青皮从远房二叔的眼睛里看出了一种不是十分信任的眼神，这令青皮有些不平，二叔用惜别的眼光看看那只山羊，对青皮的刺激很大。

这是怀疑我的本事哩，难道我在打狼小组是混饭吃的吗？

青皮青着一张脸离开了古塬村。

一到山峁，青皮就紧张地寻找他认为的最佳位置，这个位置首先是苍狼经常出没的，还得有一棵不打眼的山树，山树能拴羊。离树不远，最好二十余米左右，能有一大丛浓郁的荆棘灌木或一人高的杂草，作为最隐秘的掩护，他藏匿在草丛里，能看见拴羊的地方，苍狼对这片草丛和灌木却不会轻易留意和警惕。

青皮是要把这只肥壮的山羊作为诱饵，来猎杀野狼的。

再没有像青皮这样对山峁如此熟悉了，他终于找到了这么一处理想的地方。可以拴山羊的是一株低矮粗壮的桑树，桑叶在这个季节里长得好蓬勃，树冠浓密得像一把伞，既可遮阳又能挡雨，山羊在树下便有了一个临时的好处所。

拴好羊，青皮在四周割来一大捆青草，是山羊最喜欢的那种麦叶草，青、嫩，草汁白白的，像奶，别说羊了，人咬在嘴里，也有一丝丝的甜。这两天，山羊在树下可以坐享其成了。

远房二叔的这只山羊有一个特点，喜好叫，没草时它叫，有草时吃过草了它还叫，咩——咩——的，像人群中喜好抒情的那种。尽管青草鲜美，它低头吃一口，衔着草儿嚼着，还要调转舌头叫一声，一副害怕寂寞的样子。

青皮选中它，就是看中它这个特点，这个特点极具诱惑力和吸引力。

山羊吃着叫着，叫声在山峁山岗间徘徊萦绕。

现在，青皮躲在离山羊有二三十米远的一处土堆边，土堆四周是野酸枣藤，还有山刺丹藤。一杆杆山刺丹藤一人多高，顶上各开一朵山刺丹花，黄的紫的粉的，煞是好看，还有青皮叫不出名的草藤们，把土堆和土堆边的他深深地严严地围在里面。

青皮从这里却能清清楚楚地看到山羊、桑树和那条拴羊的绳子。

他把枪从野酸枣藤里探出去，枪身下垫一个大土块，人趴着，像多年前民兵打靶那样可以瞄准。

青皮没有觉得自己这种守株待兔的办法有什么不好，或者说愚蠢，在这之前他曾想过另一个猎狼的办法，但很快被自己否定了，那是以前在东山牧羊时，西塬村的牧羊老汉告诉他的。

牧羊老汉给西塬村放了一辈子羊。有一年就奇怪了，羊群里的羊老是让狼给叼走，有时是白天，有时在晚上，白天是放牧的时候，而晚上自然是破圈而入的，这让老汉伤透了脑筋。这一天苍狼又把属于他家的一只绵羊咬死了，但没拖走，牧羊老汉煮好肉，选出最肥最香的一大块儿，他把二斤老白干酒慢慢渗进肉里，把这块肉放置在羊圈前的水槽一侧，而他，则藏在羊圈里。夜半时分，借着皎洁的月光他看到狼来了，是一只个头好大的狼，那家伙首先嗅到了煮熟的，且放了各种调料的当然也散发着酒香的羊肉。苍狼毕竟狡猾，它怀疑地嗅着，并不敢下口，又躲在一边的暗地里，看是否埋伏有可怕的机关。这家伙好能沉住气，等了约有个把时辰，见没什么可疑动静，又实在抵制不了熟肉的诱惑，便悄然走上前来，七口八口便吞咽下去了……吞下后，还在水槽里猛灌了一气水，这才调转身子，朝着涧沟方向走去……

等了少许，牧羊老汉紧跟了上去，他拿了他的羊铲和一团长长的结实的绳子。月光下他看见那只狼不似平时逃离时那般敏捷和快疾，而是有些失态，晃晃悠悠，大大咧咧，以致后来有些东倒西歪了。牧羊老汉知道，那是他的二斤老白干在起作用了，但他还是不敢大意，仍悄悄地敛了声息拉开距离，跟着。

牧羊老汉真佩服苍狼的毅力，那家伙已经跌跌撞撞了，还是坚持着走到了涧沟坡上，才一头倒下去……

他跑过去，看这头大苍狼已彻底醉倒了，眼闭着，口里却有呼吸，就忙而不乱地先套紧了它的尖长的嘴巴，又紧绑了它的前后四蹄，再拿出一截绳子来，像拖拽一捆柴火一样，把一只醉苍狼拖回到西塬村，拖到他家的场院里。那里，有一只铁笼子，他把狼关进去，又解开了它的前后腿，还有嘴巴上的套子。他这是对村人的一个交代，他要让全村老少目睹这只吃了无数山羊绵羊的家伙，是怎样在一只铁笼子里被无可奈何地关着，他要眼看这家伙饿下去，渴下去，一天天干熬下去，十天、十五天、二十天，直到活活饿死……

青皮也听说过南塬村放羊的二呆弄死狼的故事。二呆是个笨货，笨人有的是笨办法。为弄死一只狼，他不惜血本，把羊群里最高大最肥的一只羊牵到野地里，牵羊绳子的一头紧缠在一根铁杆上，铁杆钉在地里。二呆和他的两只狗，就藏在野地一孔废弃的土窑里。

狼来了，狼咬死了大肥羊，却拖不动它，就狼吞虎咽地撕吃着肥羊。

好贪的饿狼啊，好恶的苍狼啊，它几乎把一只又大又肥的绵羊吃得只剩些蹄蹄爪爪，脑袋骨头，狼的肚子膨胀得如装进去三四颗大西瓜。正当它优哉转身离去的时候，早已憋不住劲儿的二呆一声口哨划过，两只等得同样焦躁不安的狗汪汪狂吠着，箭一样向苍狼射去——

苍狼一惊，便撒开四蹄狂奔，吊着滚圆滚圆的肚子毫不示弱地向黑暗里弹去，两只狗紧追不舍，且用叫声互相鼓舞着，半夜的田野里被卷起一阵阵喧嚣。二呆也拿着牧羊铲在后边大跑着，他早喘得上气不接下气了，那一团喧嚣离他越来越远……

那是朝东山去的方向。

后来，二呆是辨着声音跟在后边跑的。

许久，两只狗中的一只返回头来接他，汪汪汪叫着，不停地摆动着尾巴，在向他叙说着前面猎获的喜悦。狗通人性，二呆从这只狗的表情和姿态上，知道今夜的苦没有白受。

这只狗就引着二呆，一直上到东山的半坡。半坡的羊肠小道上，另一只狗也用欢快的叫声迎接他，二呆听出那叫声里有表功和庆贺收获的味道。

上到近前时，二呆的确待了一会儿，他看到那只高大的苍狼已斜倒在半坡里，双眼充血，口里一股一股喷着白沫，而下边的屁股里，有乱七八糟、花花绿绿的东西正咕嘟咕嘟涌出来……二呆知道，这家伙原本就撑胀得够呛的肚子里，好几样东西给破了，是让狗儿给追得炸了……

这两位同行的打狼先例，青皮是想好好借鉴一下的。可是，青皮既不想舍弃那么一大块肥美喷香的煮羊肉，更不想扔掉一只整羊，眼看着让狗日的饿狼啖食。他学习了二人的做法，且去掉那做法中的不合理成分，就有了今天牵了远房二叔的山羊上东山山峁的行为。

青皮的机智是要让山羊充当一个极佳的诱饵，而又不让诱饵受到丝毫的伤害。说明白点，在苍狼出现在他的视野里并向着山羊扑去时，青皮会扣动扳机，不失时机地一枪撂倒它，当然两枪也可以。

这是青皮的如意算盘。

算盘毕竟是一种盘算，盘算未必会如人意的。

青皮的两只眼像山峁上的两颗星，星星还要眨眨眼呢，青皮的眼执着得连眨都不眨，他死盯着那个步枪对准了的位置，生怕错过任何一个苍狼出现的瞬间。

远房二叔的那只山羊也真够“执着”的，夜幕笼罩山峁之后它便起劲地叫唤，一阵高一阵低，有起有伏错落有致。起初，它的叫声里饱含着惊奇与喜悦，那是换了环境之后的全新感受；之后，就有些不解和迷茫了，随着夜色浓郁，它的叫声就有了惧怯害怕的成分；再后来又有孤单，落寞，委屈，凄凉，苦涩，无人照管的丰富内容。这只山羊有着出色的声带，高亢嘹亮，还有像东山山峁一样的雄浑厚重，如果托生成人，定会参加青年歌手大赛，获得业余组一等奖的。可惜它仅仅是只山羊，青皮拉它上东山来，就是用它的身体和它的歌喉，来引诱可怕的苍狼。

不知何故，苍狼却不曾出现，或者出现了，多疑的家伙在远处悄悄观望，这个远处是青皮的视野之外，青皮自然无法察觉。

土堆之下草棘之中的青皮，一次一次地想，是我露出了什么破绽？或者苍狼发现了什么不对劲的地方？狼的狡诈是有名的，它觉得人们把一只羊就这么不管不顾地遗留在山野里，在情理上多少有些说不过去的。

对了，狼是在观望，它不敢贸然接近山羊，是怕中了可怕的埋伏，或走进危险的圈套里！

青皮这样想着，就定了心，天大亮的时候，他把时间分出几个段落，在以为较安全的段落里，睡觉，为下一个夜里的期待积蓄些力气。

整个白天他没去理会山羊，它身边的草捆足够吃三五天的，青皮没出草棘丛，是怕暴露了目标，他需要足够的耐心。只要一小觉睡醒，他马上警觉地注视他的目标，白天也不敢大意。

夜晚又在期待中来了，这无疑又是一个无眠的夜晚。

山羊又开始了夜色中新一轮的叫唤。

这一夜，让青皮沮丧和愤怒的是，苍狼依然没有出现。

狗日的，这就见鬼咧，日怪咧！

青皮愤愤地骂着，他的两只眼窝，被东方的朝霞和一肚子的气愤燃烧得通红通红了。

第十五章　巧妙土坑，蹊跷门板

青皮再次来到山峁，是在当天的傍晚。

与上次相同的是，他依然牵着山羊，挎着步枪，背着水壶窝头之类；与上次不同的是，他的背上多了一扇宽大的门板，手里，多了一把短短的铁锨。

有村民见了疑惑着想问，看青皮怒火中烧的双目，又不敢去问，直瞅着青皮背了门板的身影儿，消融在东山逶迤的小路上。

那扇门是青皮小屋的屋大门，青皮卸了它，是打狼需用的，打不住狼，青皮誓不回家，一个不回家的人还要那木门有啥用，青皮便背了门板上东山。

细看，门板的中段有两眼黑黑的洞，圆形的，比核桃略大，像小孩的拳头一般。有一根麻绳穿在两洞里，青皮就把麻绳挎在两肩，背着门板走。

这次青皮没有犹豫，径直走到了东山深处一个叫野驴脖儿的地方。这里，平时连牧羊人也很少光顾，地老天荒山高崖险，它是向东南绵延的东山和东西走向的涧沟的一个交融汇合处，是巍峨东山跨越幽深涧沟的一个天然通道。一道石土交杂的崖壁从涧沟里直立起来，底部高大的塌方形成一座天桥，仅有上面的丈余土石牢牢地把山与涧连了起来，而这条细细窄窄的过道仅有七八尺宽，一边依了高耸的石壁，一边便是万丈悬崖。这弯弯的天桥过道，呈了驴脖子的形状，人们便把它叫作野驴脖儿。

野驴脖儿有不少并不优美的传说，仅青皮知道的就有几则。

古塬生的老爹古老汉打了一辈子猎，年轻时自然出没于这一带的深山荒野。那一次为了追一只受了枪伤的野山羊，他穿过了野驴脖儿，并朝大山的纵深里追去。野山羊被他的猎枪打伤了一只后腿，它拖拽着伤腿拼命地逃。要在往常他就不去死追了，因为一过野驴脖儿，那就是猛兽们出没的地界，何况天色已晚，是不可以去冒风险的。可那次邪门了，他是偏偏要赌一口气，紧追不舍又装了弹药，朝那只疲于奔命的山羊又放了一枪。这一枪打得山羊从一面陡坡上滚了下来，只有微喘的份了。

那时候太阳已坐在了西山顶上，残阳把整个山岳涂抹得一片神秘。古老汉不敢停留，背上那只山羊，领上心爱的猎狗迅速回返。一踏上山崖沟涧上的野驴脖儿，古老汉惊愕不已，窄窄的一条土道对面，居然卧着一只金钱豹。

古老汉定睛细看，那豹子不是卧着，是两只前腿站立，后腿与屁股盘卧着，两只豹眼却射来两道凶凶的光。

猎狗猛叫一阵，却不敢上前，古老汉厉声喝住了猎狗，站下来，与那边的金钱豹对视。

金钱豹沐着夕阳晚照，浑身的毛发在山野的微风里抖动着，点点金钱，闪着虚幻的光泽。

豹子一动不动，在对视过程中，它傲慢地张开嘴巴伸出猩红的长舌。

古老汉下意识里摸一摸猎枪，枪里还没来得及上弹药，他只是摸一摸空枪，在紧张与冷静中想着对策。

豹子似乎料定他不敢装弹药对付它，就那么沉静地坐着，此时目光里射出的，除了凶狠还有警觉。

细心的古老汉发现，豹子虽说身子未动，但浑身的毛还是抖立起来了，这是准备随时发起进攻的一种征兆。

这时的古老汉知道，首先要稳住自己，不能心慌，不能忙乱，不能出现任何一个细微的差错。他知道豹子也不会轻易朝他进攻的，他这样一个大活人，还是个富于经验的猎手，还有一杆令豹子也心生胆怯的猎枪，身边有最好的助手猎狗。两股力量对比下来，是均衡的，也可以叫势均力敌吧，故而，豹子也不敢轻举妄动。

但是，这不是在古塬村里，不是在塬上，不是在东山的前坡，这是在荒无人烟的深山纵深处，是在人们谈之而色变的野驴脖儿上。还有，刚刚还坐在西山顶的太阳，这会儿已悄无声息地沉了下去。残阳便显得淡弱而无力，这种淡弱是迎接暮色的一种过渡。天时与地利，都有益于豹子，金钱豹很能沉住气，依然盘坐着，它似乎在等待暮色的降临。好像天一黑下来，它的伙伴会如约而至。

古老汉感觉到了害怕。

暮色果真一点一点地浸染开来，如果这时候，再来一只豹子，那结局真不敢设想。

古老汉仍与金钱豹对峙着。

天，黑下来了。

古老汉忽然想到了自己背上沉甸甸的野山羊。

古老汉安顿了猎狗几句唯有猎狗能听懂的话，就鼓起勇气，扛着野山羊朝豹子走过去。猎狗灵性地理会了主人的意思，顺从地跟在他的身后，不声不响，乖乖地走。

在离金钱豹一丈远的地方，古老汉放下了那只沉甸甸的野山羊，看一眼豹子，用空着的一只手拍拍野山羊的肚皮儿。然后，古老汉起身，从豹子身边走过去了……

那一刻，时间似乎停止了，凝固了。

一步一步，古老汉和他的狗终于走出了狭窄而漫长的野驴脖儿，踏上了开阔厚实的大山山脊，再走一大程，他赶快将弹药装上了猎枪。这时，他才敢回头去看野驴脖儿。

哪里看得见，三拐两拐山脊早已遮挡了视野，而夜色此时也弥漫开来。

古老汉出了一头一脸的冷汗。

这狗日的，就像山大王，要过路，还得留下过路的钱哩！古老汉后怕而侥幸地骂道。

古老汉知道，豹子是极傲慢的家伙，它从不肯在人面前丢失一点面子，即使它想得到原本不属于自己的东西，也绝不摆出一副下作的乞讨的架势。

青皮的老爹叫青胆，人们又叫他青斗胆。他胆子大，却生性好赌，每赌，输多赢少，时日一长，欠了许多难以偿还的债。某夜在西塬村设赌，又输得一塌糊涂，几个赢家无奈地对他说：斗胆啊，你欠我们的钱，也不指望你还了。不过有一个条件，今儿晚上你如果敢上到东山山峁，上到山峁深处的野驴脖儿，在那里留个记号，再返回来，赌债就一笔勾销。

当真?

斗胆没料到有这等好事，有点不信自己的耳朵。

红口白牙岂能胡说，不过，你要在野驴脖儿留下记号，明天一早我们会一块去查证的。

好，一言为定!

青皮的爹，唤作青胆的人仗了天生的大胆，出门就风一样一直朝东山走去。有人劝他提一盏马灯照路，他毫不在乎地说他的两眼就是最好的两盏夜灯，何况这夜并不算太黑，天上有数不清的小星星也可算作灯盏，嗬儿嗬儿地笑一气，径直朝东山走去了。

胆儿大是相对而言的，在东山坡上青胆倒不觉得什么，无非山高路远夜黑无人，有不知名的夜鸟在怪声怪气地啼叫。一上到山峁就意识到自己的冒失，山峁的荒凉与阴森使人觉得在你的四周埋伏着许多危险，那种静是令人畏惧的静，你的面前随时可能出现不可预知的凶险。青胆借了微薄的星光在路边折了一株粗榆树枝，手里拿着，给自己充作武器也充充胆量。为勾销那些数不清的赌债，他硬着头皮也要上到野驴脖儿，在野驴脖儿狭窄的天桥上用榆树枝划拉几个大大的“完”字，这是他仅仅会写的简单的几十个字中的一个，写这个字，意味着他用自己的行动偿还完了他所欠的赌债。这样想着，他一步步爬到了野驴脖儿。这是个大山与深谷相连接的风口，天不刮风的时候，这里也呼呼地有阴风掠过。这会儿，阴凉的夜风伴着各种野兽的啼唤让青皮爹头皮发麻，野兽的嚎叫源于远处深涧和近处的山峦，还有，头顶的崖畔和一丛丛树草里。他以前听人们说过鬼哭狼嚎的话，以为那是夸张，现在，他清晰地听到了，听得他心里瘆瘆发毛。

青皮爹青胆还是咬着牙划拉着枝条，在天桥靠崖根的地方用力地刻画下一个大大的“完”字。待写第二个字时，忽然，野驴脖儿的中段，飘来一阵哽哽咽咽如泣如诉的女人的哭唤：

哎——啊——哎——啊——

我那凄惶的人呀，我那没出息的人呀，你这一去就丢下我不管啦，扔下我一人在这尘世上受孤单呀……你的心可真狠呀！唉——我这凄惶的娃他爸呀！

怎么回事儿？

倏然间怎么会有一个哭亡灵的女人呢？

青皮爹吓了一大跳，睁眼去看，果然见野驴脖儿的中段站立着一个女人的身影，她用手托脸，正哭得伤心，风把她悲恸的哭唤声断断续续传了过来。

青皮爹虽说好赌，但秉性耿直，为人仗义，见深更半夜一弱女子在这荒野里哭泣，定是有亲人在这里遭遇不测。为防止再有不测，他想，他得过去，劝劝这个不幸的人，让她节哀，快快回家去。

青皮爹放下树枝，便朝着野驴脖儿的中段走去，浓稠的夜色里他能辨出那痛哭女子有着一副柔弱优雅的身躯，此时她的双肩因为哭泣而抽搐抖动着。

我说——我说你想开一点，哭一哭就行咧，可不敢哭坏身子，这黑天荒地的，你可不敢——

青皮爹嘴笨，劝女人更笨，结结巴巴说出几句劝慰的话来。

那女人忽然停止了哭泣，片刻间也不动了，大概是在听他说话。也是，一个妇人家，在这荒凉的山野，在这漆黑的半夜，倏忽间出现一个男人这样劝说她，她不狐疑愣怔才怪呢！但，仅仅是片刻，女人又掩面哭泣了，不过，这次再没有大放悲声，而是压抑着，哭泣使她又抖开了双肩。

青皮爹见她仍旧是哭，并没有离开这里的意思，心里便急，更为她担忧，就又走上前几步，欲耐心地劝说这位不幸的妇人。可是，他万万没料到，当他走近她的身边，那妇人将长长的散发猛地一撩，忽然转过脸来——天哪！那是一张什么脸？那是一张又青又紫又灰暗的毫无血色的脸，脸上深嵌着一对死绵羊一样的眼睛，嘴大张着，简直是青面獠牙，一只鼻子居然有半尺来长，还一晃一晃……几乎是在她转脸的同时，青皮爹听到一串阴阴的，不着边际的笑声，嘎嘎嘎嘎，像一只母鸭子在求欢，让人惊恐万状，毛骨悚然。

青皮爹头皮发麻，毛发竖立，他一个失声大叫，转身便跑，鞋子丢掉一只也浑然不觉。一口气跑下东山，才知道早已尿湿裤子。青皮爹黑暗中并没看清，那人的长鼻子分明是一只山羊的角，那是人们刻意吓唬他的。

从那以后青皮爹便疯疯癫癫，常常说话说着便毫无缘由地大哭起来，哭着哭着又莫名地笑，笑得没一点节制。不久之后的一个傍晚，他兀自颠颠地跑到野驴脖儿，最后从高高的天桥上掉了下去。次日人们发现时，青皮爹的躯体已被苍狼啃食得惨不忍睹……

那时候青皮年幼，尚不懂得复仇。等到年轻力壮时，设局害他爹的那几个人也都死去了，青皮只能把一腔怨气归结到啃食他老爹尸体的苍狼身上。

如今，老爹之仇，群羊之恨，全凝聚于东山的苍狼。这使得青皮有了超人的胆量，傍晚也敢独上野驴脖儿。

野驴脖儿是从荒芜苍凉崇岭连绵的深山通往相对平坦开阔的塬上的必经之途，也是非常险要的狭窄小径。青皮通红着两只眼窝，挂枪带锨，拿干粮牵山羊来到这里，意在猎狼，但用什么方法去猎，这对古塬村人，是一个还一时无法解开的谜。

青皮在人们谜一样的猜度里开始了他的行动。

压山的日头把青皮弓腰屈背挥锨铲土的身影放映到石崖上了。

石崖上的影子在勾头挖土，刨土，刨了一个半人多高的土坑，土坑的形状是长方形的门板的形状。坑已弄好，又将门板搭于其上，反复试了几次，门板隐隐地，严丝合缝地扣于其上了。

青皮将刨出的土石用锨撒于四周之后，天色就黑下来，他把一捆事先割好的嫩草，把喜好叫唤喜好抒情的山羊，把枪、铁锨、干粮、水壶通通弄到坑下。然后，他也下去了，他在坑下用双手把那扇厚重的门板盖在坑上面。

那一根串连着门板中间两个黑洞的结结实实的麻绳儿，紧捏在青皮手中。

拉紧它，外面如想揭开门板，是极不容易的。

土坑一下子漆黑一团，许久了，青皮的眼才适应了坑里的这种暗无天日的黑。

山羊又勤勉地叫起来，咩——咩——叫声从两只用烧火杵烧红凿开的黑洞里欢快地飞出去了。

随着叫声扩散出去的，还有山羊身上浓浓的山臊气。

咩——咩——

外面静静的，天籁是山野的音乐。这是飞鸟归巢，猛兽出窝的夜，山野里有了相对的宁静。

山羊也在适应着黑暗，当它看清了四周的一切，并看清了青皮就在它身边时，山羊就乖巧而幸福地停止了叫唤。

它安详地心安理得地用舌头去舔青皮的手背。

青皮从干粮袋里掏出一颗窝头，用手捏了，捏成核桃大小的碎蛋，一掬一掬地去喂山羊。山羊得到如此香甜的美食，且惊且喜贪贪地吃，勾了脑袋，一只小小尾巴欢快地摇动以示对青皮的感激。

山羊吃，青皮也吃，青皮得用窝头塞饱肚皮，他又得熬一个整夜，如果运气好的话，很可能还得遭遇一场力与力的较量，生和死的拼搏。用这样突发奇想的方式猎狼，毕竟是头一桩，吉凶未卜，输赢难料，他首先得蓄满力气。土坑里的青皮这样想。

吃饱喝足，坑里的山羊倒安乐思逸不肯叫唤了。羊也有灵性，羊有时也通人情，它知道青皮在自个儿身边，这样叫叫嚷嚷，会扰搅青皮歇息的。

青皮是来野驴脖儿歇息的吗？这憨憨的山羊，它想错了，青皮便用脚尖，去踢它的尾巴，去轻轻地蹬它的屁股。起初，山羊默默忍着，躲着，窄小的土坑哪里去躲，忍不住了，就一片迷惑，不知青皮是何用意，最后，又咩——咩——地叫唤开来。山羊一有停歇，青皮就去踢去蹬。这样，喜好叫唤当然也喜好抒情的山羊又在夜里的土坑中不断发挥它的特长。

咩——咩——

山羊的叫唤把野驴脖儿的夜晚拉得好长。

起风了。

隔着一层木板，青皮在土坑里，凭借那两个眼睛一样的黑洞，听得见外面风啸啸的。沟涧的风，一涌一涌，像海浪；山崖的风，干硬干硬，一股一股，像夏夜的无数条鞭子，死命抽打着山脊上的山木草丛，能听到滋滋的声音，还带着尾音，那是山风掠过草木枝叶间生发的强硬摩擦。

野驴脖儿一带的树木，长得也怪，要么突兀出一棵来，又粗又大，有了几百载的年轮，如老榆、老柏、老槐、老柳、老松、老杜梨，七扭八歪，形态怪异，被人们称之为神树；要么矮矮得永远都长不高，一片一片地相连，甘愿从乔木退化成一丛一丛的灌木；高高的崖畔上，能开出一朵朵无名的花来，蓝幽幽的，喇叭形状，抒发一些大山的怪异和神秘。

土坑里的青皮不去理会丈余外的事情，青皮操心和敏感的是头顶门板上的动静。夜风生猛，每每把碎石土块刮落到门板上，都让青皮竖起双耳，紧张地去听。他知道野兽们如苍狼有轻捷的脚步，它看到这异于往常的土石路的设置必会大生疑窦，狐疑不已的，要么不敢轻易踏上门板，要踏上了，也只是轻轻地试探性地先踏上一只蹄子，看有无蹊跷，再细细地观察。

让青皮担忧的事情很多，比如野猪的光临，这些家伙没有苍狼的狡诈，但有虎豹的凶猛，还有一股野蛮的力气，而且是成群结伙的夜行。一旦听见山羊的叫唤，嗅出山羊诱人的膻香，这些家伙们会不管不顾的，那一只只怕人的长嘴，会把木板拱到一边甚至咬得破碎。

青皮不敢想下去了……

但愿愚笨蛮横的野猪们今夜不会光顾这里。

可是，如果遭遇到两只或两只以上的苍狼呢？青皮想，那就不得不动用这支步枪了，他不信那些家伙们为了贪吃而不顾自个的性命。

夜真长。

尤其是这样一种在黑暗的土坑里焦心等待并且伴了诸多害怕假设的夜，那就格外漫长了。

孤注一掷的青皮这会儿让自个什么都不去想，水来土掩兵来将挡，只要能等来，他也只好舍身一搏了。

坑外仍旧没有任何一点点动静，夜在一点点朝墨黑里沉去，由于长时间的枯燥单调的等待，青皮的眼皮居然也沉重起来。山羊一声跟了一声地叫唤，此时对他来说无疑变成了催眠小曲儿，他在一声一声的小曲儿里迷糊了。

青皮不知道迷糊了多久，迷糊中也有梦境的上演。他在东山上放牧着一群羊，黑的山羊白的绵羊，悠悠然然地在蓝天白云下游走。山的那边，也有人放牧着一群苍灰色的东西。羊怎么变成这种苍灰颜色了？青皮不解，身边与他一块游走的，是村校校长闵先生，闵先生长着一张非常和善的脸，闵先生笑着告诉青皮，那怎么是羊呢，那分明是狼啊，是有人在放牧狼群呢。如今，狼也开始吃草了，它不会再伤害羊群啦，以后，狼与羊就可以这样互不侵犯，和睦相处哩……闵生灵仍是笑着回答他，脸上洋溢着一派祥和之色。

这，这怎么可能？

青皮大惊，他不信，他绝不会相信，他问闵生灵，那个，那个放牧狼群的人，敢问是什么人？是哪里人？

闵生灵说，你瞧仔细了，那不是咱古塬村的古婆子吗，古婆子可就是古塬生的姑姑呀，那群狼，都是古婆子接生的，她老人家放牧这群狼，最合适不过了，哪只狼敢不听她老的话呀……这下可好了，狼羊一家，再不会发生不愉快的叼羊打狼事件啦。

闵生灵话未说完，只见古婆子一挥手，那群野狼张牙舞爪地朝他青皮的羊群飞奔而来，且呈了四面包围的情状。一刹那，可怜的羊们被群狼撕咬拽拉，生吞活剥，山坡上顿时惨叫声一片，血流如注……

嗯啊！

青皮一个激灵醒过来，此时已是一头一脸的汗，他奇怪怎么就做了这么一个荒诞不经的梦，并且是一个噩梦。

青皮的心还在咚咚狂跳。

一个噩梦使青皮睡意全无，且浑身有了一股睡眠之后的精气神儿。

青皮弄不清现在什么时辰了，他仰起脸，把眼睛对了门板中间的某一个黑洞，黑洞里穿了一根细而结实的麻绳，目光沿了麻绳朝外望去，外面仍是黑蒙蒙一团夜的雾。

青皮伸展一下四肢，打一个呵欠，顺手摸一把身边执着叫唤的山羊。

忽然，青皮听到头顶的木板上有一个轻微的响动。

是响动，是某种动物的蹄爪踏了木板却又谨慎小心的那种响动。

青皮连呼吸也轻微起来了，他敛了一切声息。

头顶门板上，那可疑的蹄爪声变得清晰起来。它可能试探了一下，两下，又站在上面了，并未发觉有什么异常，它便在门板上来回走动了起来。

来了，是狗日的苍狼呢！

青皮的心又狂跳起来，这回是紧张又掺和着某种兴奋的那种心跳。

这只山羊真是好山羊，它似乎摸透了青皮此时的心理，更起劲地叫唤着，一声连着一声，新鲜浓郁的羊粪蛋的草腥和山腥味混合着。伴随着它的叫声从门板上两孔黑洞里扭动着冒出去。

蹄爪声暂时没了，青皮想，它一定是站在门板上，用尖尖的长嘴在嗅着某一个黑洞，同时它觉得奇怪，为什么一只鲜活的羊会在它的蹄爪之下？为什么它再熟知不过的羊的叫声和羊粪的浓浓气息会从这两孔奇怪的小黑洞里冒出来？

嗅着，并沉思着。

狐疑着并犹豫着。

被巨大的诱惑吸引着，天性的狡诈又使它分外收敛和谨慎着。

它试图将右前爪探到右边的那眼黑洞里去，探一个虚实，摸一个明白。

它忽然清晰地嗅出了浓浓的人体的气息。

它下意识地后退两步，退出了木板，人体气味使它又进一步狐疑起来。

咩——咩——

山羊仍在叫唤。

它听出了那是失去主人之后的孤立无援的叫声，是凄迷无奈的叫声，甚至是有求救成分的叫声。

它忽然想到了死尸，人的死尸，初死的人，不也是扩散着这种气味吗!

短短的时间里，它的脑袋里转了许多弯子，也思谋了眼前的薄薄木板之下的许多问题。

木板与木板之下是一个谜，是一个诱惑它的又使它产生惧怯的黑色的谜。

它决计破解这团谜，因为饥饿是一个强烈的因素，还有，就是那只鲜美无比的羊。

它如果因为怀疑和惧怕从这里离开了，那么，肯定会有它的同类去冒着风险来揭开这谜团的，毫无疑问，这只近在咫尺的羊儿就理所当然地归于它的同类了。那时候，它会带着遗憾怀着更加剧烈的饥饿感，怅然无限地离开野驴脖儿，离开东山峁。

但它得试一下，先试一下。

它又小心翼翼地踏上了木板，盯着那两眼缠有一条绳子的黑洞，它把右蹄右爪轻轻地贴近洞口，再一点一点地探下去。

这时候，它的神经分外敏感，一旦发现有什么不对头儿，它会迅捷地抽出右蹄右爪的。

土坑里的青皮神情紧张地仰视着两眼黑洞，他忽然发现有一只毛蓬蓬的爪子试探地插了下来。他敛了呼吸静静地看着，他叮咛着自个儿：沉住气，沉住气！古塬村有一句土话，叫作沉住气不少打粮食！这是说庄稼活路的，也是指庄稼活之外的其他事情的。沉住气了，抓住个好时机，定会有所收获。

青皮这时候就沉住气了，没有慌里慌张地拿手去拽拉那只试探、迟疑的毛爪子，因为那只爪子朝下伸得太浅太短了，如果贸然去抓去拽，非但拽不牢抓不实，反而惹得那东西挣脱后一股烟跑走，他青皮就失去最好的时机了。

青皮眼巴巴看着那只毛爪子在门板下探了几探，之后又上去了，青皮料到蹄爪子还会再次下来的，再次下来的时候，就不会像刚才那样犹犹豫豫的了。它会把整个前腿也插下来的，因为它想探到现在正在叫唤不止的东西。

正如青皮所料，片刻之后，依然是那只蹄爪子又探了下来，这次探得有些干脆利落，一插就把半截子小腿插了下来，它可能还会再插再朝下探的。早已适应黑暗的青皮看清了这是一只苍狼的前腿，的的确确，是狼的前腿，至于是左腿是右腿他没来得及去辨，也没时间去辨识。他运了全身力气，又把力气全凝聚在他的两只大手上，说时迟那时快，噌地一把上去，死死抓住了狼前腿，用尽全力朝下死命一拽——

哧的一声划过，那是狼腿在门板黑洞里的粗糙生硬地拽拉的声响。整条狼前腿早已被青皮的千钧之力拽拉到腿根下了。

青皮顾不及木板上的野狼有何反应，真是顾不及了。一整夜就等这一瞬间呢，他可得美美地把握这一瞬间。青皮咬牙切齿地又猛一用力，他把全身的气力都用在他的双臂双手上了。猛一拽拉，他连手带肩把那只狼前腿朝前奋力一扛——那一扛有多大的气力啊，反正青皮是运了全身气力的。这猛然一扛，只听清脆的一声嘎喳，这只狼的前腿已被他非常迅猛非常粗暴地折断了，他仍死死地拽拉住不放……

青皮听到一声撕心裂肺的可怕的长嗥，那是受惊之后又受到猛然剧痛的嚎叫，紧接着他感觉到木板在剧烈地撼动，发出咣咣——当当——的声响。那是苍狼的右前腿和两只后腿在奋力挣扎的缘故，因为一只前腿尽被拽进木洞，狼的脑袋无奈被迫紧贴在门板上，这就限制了狼的整个身体发力，另一只前腿盲目地刨着。

坑下的青皮知道自己的第一招就占了主动，他手里紧扣的这条狼腿已彻底废了，但它不会断裂，还有皮肉，有丝丝缕缕的筋骨相连着。这样，狼就不敢再用力挣脱，一挣，它必定会钻心地疼痛。

青皮用麻绳的一头将狼腿牢牢地拴在门洞处，也是狼腿的根部，拴牢了，他打一死结。

现在，他可以空出手来，等待另一只前腿从另一个小孔里插入。

青皮推断，苍狼此时难受至极，但它又不甘心如此就范，它前身的倾斜必定会使它的另一条前腿挣扎刨踢，它刨进木孔中的可能性极大，只有插进来，才可求得前半身的相对平衡。难以忍受中的苍狼，暂时不会想另一条前腿也插进来的后果，只能先顾眼下。

事情的发展被坑下的青皮猜中了，那只不停地吱吱挣扎刨挖的前腿，终于一下子插进另一只小木孔里了。青皮心里好生喜欢，狗日的苍狼，你可也有今天哟，你可犯到你青皮爷爷的手里了，日你外祖奶奶哩。

青皮又咬起后牙，重复了前一刻的那个动作，迅捷地逮住那条毛腿，死命朝下一拽——

又是吱的一声，这只左前腿较右前腿就十分顺溜地被拽下来，苍狼的前身暂时平衡了，狼脑袋现在是紧紧地贴在木板上头了。

青皮哪里敢松气，仿效前一个动作，双手扣住下蹄，干脆用肩膀的力量朝前扛去，一下，两下，那条左前腿居然被这巨大的冲力冲出断裂的响声。

狗日的无用的干货！

青皮恶毒地咒骂自个儿一句，双脚紧蹬了坑壁，肩膀扣住那条狼腿，借用双腿蹬踏的巨大力气朝前奋力一顶。

咔——

青皮终于听到了骨头折断的声音。

这是青皮在东山上无数次折断尚生长的山木棍的声音，湿漉漉的，拽筋连皮的样子。

上面又是一阵惨烈瘆人的哀嚎。

嗷——

嗷——

这撕心裂肺的嚎叫真让青皮觉得爽快和解恨。

接下来，他要完成属于土坑下面的最后一道工序，把狼的左前腿从木孔处的腿根下紧紧用麻绳系牢，打一个结实的死结，并且把两根打了死结的绳头再系在一起。

做完这一切，青皮已是一头一脸的汗水，他浑身上下，也早就成了一个浑黄的土人。

山羊被青皮这一系列剧烈的动作弄得惊呆了，也被土坑外面仅隔了一层木板上的刺耳的嗥叫吓得怔住了，它再不敢发出叫声，同外面惨烈的嚎叫相比，它的叫声过于平淡也过于微弱了。

青皮此时稍稍松了一口气，但也不敢放松。他的手紧抓了麻绳儿，只要抓住麻绳，狼的两条已经断裂的前腿就掌握在他的手中。

有那么两三袋烟的工夫，门板上的苍狼显得老实规矩了几许，它是被剧烈的疼痛击打得晕眩了，无力再去挣扎反抗。

这时的野驴脖儿显得分外宁静，似乎睡着了，方才惊心动魄的嚎叫居然没有把它吵醒。一夜粗砺的风，这会儿也疲软下来，轻轻的，柔柔的，抚弄着仍在梦中的山岭。

好一会儿之后，门板上的苍狼又有了动静。它先是企图抽出断裂的两腿，这可真是贻笑大方，谈何容易，且莫说断腿一触即痛，那麻绳的死结通过木孔牢牢地把它绑在了门板上，是根本无法挣脱的，一挣一动，换来的是一阵钻心的刺痛。

狼脑袋紧贴在门板上，只有左右晃动的份儿，无奈与恼怒使它从喉咙深处滚出一大串儿暴烈的吼叫。要在平时，这异常的吼声能吓跑其他兽类甚或人，因为它具有某种暴发性和穿透力，听得人毛骨悚然，头皮发麻甚至浑身冰凉。这会儿，青皮不吃它这一套，他在坑下愤然却不屑地骂道：

好个奸诈的贼货，都落到了这般地步，还想吓唬对手哩，你青皮爷爷不尿这一壶！

骂毕，青皮狠狠地朝土坑的前壁，啧出一口浓痰。

又一阵静寂。

很快，门板又是一阵剧烈地震动，那是苍狼没受伤的两只后腿，在一阵紧于一阵地蹬刨门板。两只后蹄如同两块坚硬的石头，它划拉在门板上，像石头不住地砸在门板上一样，又像一阵冰雹，猛烈地冲击着门板。

土坑下的青皮吐出一口凉气。

他这时才领教了苍狼后蹄爪的厉害。

青皮猛然想起以前在山里放牧时，西塬村放牧的麻老汉给他讲过的那件事。

麻老汉的堂弟长得人高马大，且力大无穷，一顿饭能吃下三大碗干面。村里人见他曾经举起过村巷里的那座石官碓，石官碓可是两个大小伙才抬得动的，他一人就举过了头顶。麻老汉的堂弟非但力气大，胆子也大，从不惧怕狼豺虎豹，因为这，村里就派他看护秋田和堆满玉茭穗子的秋场。

有一天大中午，堂弟从秋田巡视回到秋场，看满场的玉茭穗子有无丢失。玉茭穗子一堆一堆的，形状像塔，堂弟在塔间穿行。忽然，他遇到了一个贼，还不是一般的贼，而是一只高高大大的苍灰色的狼！

人一怔狼也一怔。

堂弟仗了力气和胆量，伸出双手上前去捉拿，迎面而来的苍狼也深知无路可逃，便也像人一般两只后腿立起来，伸出两只前腿去迎战。

人与狼在秋天的场地上秋天的大太阳下，演了一出人狼摔跤的惊险剧目。

堂弟的右手紧抓了苍狼的右前爪，苍狼的左前爪也直击堂弟的左手臂。你推我搡，我退你前，一时间推推搡搡，磕磕绊绊，难分高低。

苍狼张开尖嘴，吐出猩红的舌头，它居然呼哧呼哧大口喘气了。

堂弟憋胀着一张枣红色的脸膛，那脸色也因过于吃力而变成了紫茄子色。

人与狼就那么站立着，争斗不下，分辨不开。

此时麻老汉恰巧路过秋场，看到了这令他惊恐的一幕。按理说，苍狼听到其他动静，或另一个地方的另一个人的声音，会立刻放弃搏斗，仓皇逃窜的。可是，这只大苍狼已经斗红了狼眼，不管不顾，依然沉着而投入地搏斗。

麻老汉生性胆小，远远看着，不敢上前，见力大如牛的堂弟双手双臂丝毫发挥不了作用，麻老汉大声提醒他：

你抬起腿，用脚踢狼呀，快踢呀——

堂弟听罢，欲抬腿脚时，那只凶狠而有灵性的苍狼，不知是理会了麻老汉的提示，还是原本就准备发挥它蹄爪的威力，高高地抬起它的右腿蹄爪，朝着堂弟的肚腹奋力一击——

那苍狼坚硬且锋利的蹄爪划开了堂弟的小腹，立刻，肠肠肚肚和一腔血水从划开的口子处一涌而出……

堂弟瞪圆了双眼，站立着，再不动了。

而那只高大的苍狼趁机溜掉，霎时间没有了踪影。

想起麻老汉的话，青皮此时觉得那个事情不会有假。

青皮得思谋着对付苍狼的两只可怕的后腿后蹄了。

青皮下意识地拿起步枪，那可是装好了子弹的步枪，枪口对准插下苍狼前腿的木孔处，稍稍偏一点方向，一扣扳机，子弹便会打在苍狼的前身，或许是脑袋上，这太容易了，简直是举手之劳。一枪，两枪，三枪，他愿打几枪就打几枪，数枪之后，他还会惧怕野狼的后腿吗？

可是，青皮不想这么做，他不想让这只他花费了如此大的工夫才猎获到的苍狼，就这么轻而易举地死去，那样太便宜它了，也太亏他自个儿了。挖土坑呀，扛门板呀，牵山羊呀，弄来弄去，弄一只死狼回去，多没滋味，多没面子。杆子猎获那只狼，最后是用刺刀刺穿肚腹的；古塬生逮的两只小狼崽，至今仍挂在树枝上；王社火设计猎杀的那只狼，那更有情趣，更有谋略，更有意思。你青皮也是打狼小组的成员，是一个堂堂的汉子，你得做出绝活儿来。做不出绝活儿，对不住村人，对不住被狼惨啖的那群可爱的羊呀……

想到那群羊，青皮心里就滴血，就疼痛，小刀子剜心一样。

日你个狼祖奶的——

青皮骂一句，把枪又放到铁锹的位置上了。

冰雹蛋子击打一样的狼后腿蹬踏，算是告了一个段落，苍狼也有疲累的时候，何况这是一只前腿尽折的伤狼。

青皮在坑里窃笑，他巴不得这狼再踢踏一阵，他知道他家的这扇门板是桦木做就的，桦木坚硬无比，板子又有寸半来厚，恶狼划拉这坚硬厚实的门板如果能像划拉麻老汉堂弟的肚皮那样轻而易举，那青皮就佩服这狼的本事。

有能耐你踢呀，你划拉呀！青皮在土坑下窃笑，同时又用猛劲拽了一把麻绳儿。

门板上的苍狼确实累了，又饿又累的那种，门板下一用力拽绳索，它的两条断腿就钻心地疼痛，它不由得发出凄厉的痛苦的嚎叫，时断时续。

在门板上下的两种不同情状不同心境的对抗中，时辰就像山风一样飘逝过去。夜的浓墨在一点点稀释，淡化，取而代之的是朦胧的白，淡淡的，清晰的白。渐渐地，白中有了微薄的橘红，当橘红积累得浓郁时，天，已经泛亮了。

从老远老远的山豁里，猛地射来一片新鲜的光泽。

第十六章　智勇皆施，活捉公狼

青皮是从门板与土坑的缝隙里欣喜地发现亮色的，那一丝光亮像一把锋利小刀，划破了土坑的黑暗。山羊不比青皮迟钝，它扬起那颗善良的脑袋把双耳抖了一抖，用欢快的叫声迎接这野驴脖儿的第一线光明。土坑，在这一刻也迅速地明晰开来。

该青皮动作了。

青皮慢慢举起铁锨来，锨头顶了门板的前端，缓缓用力，用力，那门板便一点点离开坑口，拉大，门板终被推移到了坚硬的路面上。

嗷——

几乎同时，苍狼意识到了某种危险的来临，它发出了又一阵凄厉且凶狠的嚎叫。

其实，门板被推移到路面，它折断的两条前腿被门板和它的身躯重重地挤压着，那种难忍的疼痛使它不得不发出痛苦的仇恨的长嚎。

苍狼的两条后腿又在死命地踢蹬，门板又经受着像石子和冰雹蛋子一般的紧凑冲击。

青皮拄着锨把，跃出窝憋了一夜的土坑，大喘一口气，眼睛被山野的光亮刺痛了一下，他没去揉，就急切地去看被他折腾了一夜还不曾见识过的恶狼。

嗬！这可真是一条体形修长的家伙，皮毛是苍灰色的，细腰，瘪腹，凸起而坚硬的腰脊，像眼下一道道精瘦而棱角分明的山峰一样。它正在踢蹬的后腿好长，也好壮，如果站立起来，这准是一只高大雄武、勇猛无比的家伙，当然，也是一只凶狠残忍、作恶多端的家伙。

青皮从它还踢蹬的两条后腿间，看到了它饱满突兀的一团儿。这是一只正值盛年的大公狼。

此时一对狼眼直勾勾地盯着他，有狐疑，有仇视，这对狼眼眼白太多，它盯了青皮，像是在不屑地斜他，瞪他，不把他放在眼里面。

等你青皮爷爷吸几口山里的仙气，再收拾你个狗日的！

青皮看得没错，这是一只大公狼，但它不是东山公狼，东山公狼已被杆子追杀着一刀刺死了，这其实是一只涧沟公狼。

当涧沟母狼和涧沟公狼感觉它们和小崽居住的石洞并不算十分隐秘，附近的村人正在一步步靠近它们并对它们形成威胁时，由涧沟母狼护守小崽，涧沟公狼便朝大山的纵深处走去。它要在更荒芜更偏远更杳无人迹的地方寻找到一个相对安全的窝洞，但是，它的出寻收效甚微，几处洞穴都没有令它如意。有一处山间石洞倒还隐蔽，有前洞也有后洞，石洞在石崖侧面，后洞在幽深处的崖顶上，这样的天然石洞冬暖夏凉，但是，那上面的出洞也是山洪容易流进的地方，夏日每有暴雨，山洞就极有可能被洪水淹没，涧沟公狼反复看过，最后还是遗憾地离开了……

还有一处土崖上的洞穴，虽说只有一个进出的洞口，这里位置极好，向阳，隐蔽，土质坚实。可是，不远处却有一群野猪的洞穴，平时，总有三三两两的野猪从这个洞口附近游荡，如果住在这里，少不了与这些野蛮肮脏丑恶蠢笨的家伙纠缠。还有，如果它和母狼都出去了，野猪们真会吃掉它们可爱的小狼崽的，这些该死的臭猪。

涧沟公狼悻悻地离开了这里。

回到涧沟的石洞里，公狼便发现家里的大变故，它的母狼和两个可爱的小狼崽都不翼而飞了。它没料到会这样，以前，都以为这里不十分太平，它们害怕以后会有什么不测，没想到不测会来得这么突然，这么猝不及防，以至没一点点心理准备。涧沟公狼知道肯定是附近的村里人所为，古塬村的，或者西塬村的，因为它们前一阵子叼了人家的娃娃，咬了人家的猪羊……公狼凭着灵敏的嗅觉，跑到涧沟南北两端的崖畔，远远地，它看到悬在高高树杈上的小崽，两小崽均已死去，但还是被倒吊着，白天遭日晒，夜里挨风吹。再过一些日子，它们就会变成两颗被风干的核桃，或长在树上，或掉落下来……

涧沟公狼不忍再看下去，两颗泪，两颗酸杏一样涩巴的泪，在它眼白特多的狼眼里转了几转，终没能掉下。低下一颗沉重的脑袋，它忧心忡忡又悲愤难抑地离去了。

公狼没去寻找涧沟母狼，不是不想寻找，是没有寻找的必要，它早已从崖畔下的那一摊淤结的血迹里，嗅出了母狼气息，它清楚母狼早已遭遇不测，这还用想吗？这里离古塬村这么近，是村里人用小狼崽做诱饵儿，猎杀了母狼的。事已至此，它寻找也属于徒劳。它不能在这里多待了，这里处处都有险情，说不准此时还有无数双人的眼睛，在暗里盯视着它呢。它得走，它得逃，朝大山的纵深处逃去。山谷愈深，便愈多一分安全……

涧沟公狼朝东山峁跑去，山野的风，把它一腔悲愤吹得七零八碎，如同散落在山坡上的野鸟粪。它知道，它永远地失去它的母狼和小狼崽了，它得冷静地面对这个残酷的现实。是的，大山在，沟涧在，日子就在，这满坡满梁的野苜蓿花，野刺丹花不是年年谢了年年又重新开放吗！它们依然那么自信和绚丽，在石崖上，在土峁里，开出属于自己的一抹生动，散发着淡淡的馨香……公狼不能让悲愤束缚了生活的蹄爪，它得远离涧沟，远离这片忧伤怨愤的峡谷，它得到开阔辽远的山峁上来，重新开始自己的生活。

涧沟公狼与东山母狼不期而遇。

东山母狼就是被青皮牧羊时，一个牧羊铲砸伤前腿的那只母狼。东山母狼也是被杆子一枪打过去，炸掉半个耳朵的那只母狼。东山母狼在这个炎热难忍的季节里经历了太多的磨难。

首先是暮春天气里那个令它难忘的一击。它与公狼本想偷偷猎取一只大羊羔的，它们就一直藏在草丛，瞅准了目标刚一现身，还是被牧羊人青皮发现了，挥铲击来的那块石头使它的一只前腿跛拐了两个多月，还好是砸在腿上，再稍高一点，就击打在脑袋上了，那后果真是不堪设想啊！

接下来是东山公狼被枪击伤，又被杆子死命追赶，最后一刀刺开肚皮死去。东山母狼曾唤来两个同伴企图解救公狼，无奈杆子有那杆可怕的步枪，又有那样好的枪法，它们只能落荒而逃，丢下可怜的公狼放任杆子去追杀了。杆子追赶中还朝它开了一枪，真悬，那一枪炸去了脑袋上的一只耳朵。

东山母狼本来身怀六甲，失去公狼的痛苦和一次次被追杀的凄惨，使它早产了，它一腹七胎小崽，死于胎腹的就有两只，好不容易产下不够月的崽子们，又有两只先后死去了，仅有三只活下来，弱弱小小的，如同三只小野猫。母狼倾注所有母爱，要把这三只小东西养活大。它现在已没有更多的想法了，只要把小崽拉扯得长成三只健壮的成年狼，母狼就心满意足了。

就是这时候，涧沟公狼频频出现在它的视野里，涧沟公狼甚至常常溜到它的山崖下面，树丛后非常隐蔽的洞穴前。起初，母狼对涧沟公狼是怀了戒备心理的，怕它的出现威胁到它的三只小狼崽。但是，公狼几次三番过来，却是怀有诚意的，每次还叼来一只野兔什么的，作为对小狼崽的一点礼物。之后，公狼就对东山母狼大胆地示爱，并企图住到那个隐蔽且有几许温馨几分安适的窝洞里去……

涧沟公狼没想到东山母狼最终还是没能答应它，一是没答应它的求爱，二是很果决地拒绝了它要住到窝洞里的要求。这令公狼怅然而伤心，这是没办法的事情，它是不可以硬来的，母狼为了护卫它的小崽守护它的窝洞，一旦撕咬起来，不比一头发狂的母豹子差。

涧沟公狼悻悻地离开了东山母狼。

夹着尾巴走在东山峁上的涧沟公狼真正是流离失所无家可归了。在这落魄失意的时候，它一次又一次地忆及它和涧沟母狼一起生活过的日子。如烟的岁月虽然充满了惊险和挑战，但如烟的往昔里也充盈了爱的甜蜜和生存的刺激，有无数次猎获的喜悦，也有数不清的被追杀的危机。宁静而温饱的日子里它们拼命地做爱，爱潮的汹涌把原本平和的日子推至东山一样的高耸再跌落到涧沟一样的深幽……

这就是苍狼的日子。

现在，涧沟公狼已经失去了那样富有季节色彩的日子。

涧沟公狼没有灰心，既然已经决计告别令它伤怀的幽深的涧沟，告别和涧沟一样幽深的情仇，那就在这片开阔的和高耸的东山上，蹚开一片属于公狼的新的生活吧！这里山岳险峻，峡谷逶迤，对它这只壮年的公狼来说，更富于冒险的刺激和无穷的魅力……

公狼怀着万分复杂的心情来到了野驴脖儿。

此时正值子夜时分，公狼已有整两天没吃东西了，为了向东山母狼谄媚阿谀，它忍着辘辘饥肠把捕猎到的两只野兔三只野獾还有几只田鼠慷慨地奉送给那三只可恶的小狼崽了。它现在无论如何得猎获到一点吃的东西，最好能在这样月黑风高的夜里捕食一头少年或幼年的野猪，那无疑可以啖食个肚子滚圆，还可以将剩余的野猪肉再一次叼给东山母狼。公狼会用这样一而再，再而三的举动，感动东山母狼那颗眼下同样是忧伤而破碎的心。

起风了。

野驴脖儿的夜风生硬。

涧沟公狼从生硬的夜风里听到了一声声绵软的却是久违了的声音，那可是最具诱惑力的声音啊！

公狼立时竖起了双耳，它浑身粗糙而坚硬的狼毛也因警觉而像野荆棘一样竖立起来。

是野山羊吗？

野山羊在这样的深夜里绝不会出现的，那么，会是？

警觉与狐疑，使这只极富捕猎与杀戮经验的壮年公狼停住了脚步。它眼白居多的一对狼眼在漆黑的夜里放出幽幽的光来。

咩——咩——

那是公狼再熟悉不过的山羊的叫声啊！

山羊怎么会在这夜半更深的荒山野岭独自叫唤呢？

或许，这是一只掉队的山羊，由于牧羊人的粗心，它远远地落在羊群的后面，以至于迷失了回归的方向；或许，这是一只受了伤的山羊，由于放牧中在草丛里被蛇所咬，或者一失前蹄从山崖掉了下来，跌伤了蹄蹄爪爪，而牧羊人又不曾发觉。这样，便遗失在这里了……

可是，山羊的叫声是从野驴脖儿这狭窄的通道的地下传出的，这就有了蹊跷。

公狼一步步朝声音的发源处逼近，它嗅到了浓浓的山羊味的同时，也嗅到了人类的可疑气息。公狼后退几步，那是下意识的警觉，它绝不可以粗心大意；它得细细地耐心地观察和等待。

咕咕咕——

又是自己的肚子在啼唤。

饥饿是胆量的酵母。饥饿愈是厉害，胆量就愈加膨胀。

被饥饿折磨的公狼，耐性毕竟有限。它狐疑那一面平铺于地的木板，更狐疑门板中间那两眼洞孔，还有穿于洞孔中的绳子，尤其对那根莫名其妙的绳子，它颇费了一番心思，但它绝不相信在这地老天荒的野驴脖儿，人们在这儿会设置什么机关，它得试一试。

涧沟公狼便向木板走去。

来来回回走了几次，公狼大胆地将一只蹄爪伸进木板上的洞孔中，它想用蹄爪探摸到叫唤着的山羊。

这样，便发生了青皮坑下拽狼腿的一系列情节。

……

青皮自然不会知道如上的一切。当然，他也不清楚被自己捕获的那只公狼原本是涧沟公狼。

在拂晓的山崖上，青皮面对的是一只身材颀长，体格健壮的壮年雄性苍狼。它的前腿被牢牢地缚在了门板上，而两条后腿依然在奋力挣扎。

不怕一万，只怕万一。青皮害怕他连门板带苍狼一块背起来的时候，那两条有力的后腿和坚硬的蹄爪伤着自己。

青皮从土坑下拿起了铁锨。锨是方头锨，沉甸甸的。

青皮沾满黄土的脸上浮出一片狞笑，他猛地挥起锨来，锨刃的光面反射出一道红红的霞光，一闪，一个半圆弧形划过，呼呼生风，铁锨侧棱结结实实砍在野狼的一条后腿上……

嗷——呜——

苍狼的哀嚎划破了清晨大山的宁静。

青皮连砍六锨，每条后腿砍了三锨，那两条后腿再无法也无力踢腾了。

青皮又拽下山崖上的一条结实的青藤，他从公狼的后腰缠起，同门板牢牢地箍在了一起。

牵上远房二叔的山羊，挂起那杆步枪，一只手里还得提起铁锨，青皮还要利落地背起门板来，连接狼前腿的麻绳正好能套在他的双肩双臂上。

这样，在涧沟公狼一阵接一阵的痛苦嚎叫里，青皮一步步地下山了。

太阳升高了，山野里腾起细薄的雾气。

第十七章　青皮杀狼，惨绝古塬

古塬村氤氲着狼肉的浓香。

肉香味首先是从古塬生家的院落里飘到村巷里的，又随着些微的风，散落到家家户户的场院和全村人的鼻孔里。

好奇的村里人，就随着这浓浓的气味，寻到了古塬生的家里。

院落的正中间，架了一口大铁锅，老枣木根劈就的柴火烈烈地燃着，蓝色火苗像一条条蛇信子，紧紧地舔着大铁锅的圆形锅底，锅里云雾缭绕，热气沸腾。

古塬生拿着洗干净的山木棍搅动着锅，锅里可真丰富，透过雾气能看到里面五颜六色花花绿绿。翻开洗净的肠子肚子是青白色的，而心肝肺呈了暗红色，剥了皮毛的狼头一煮就泛了白色，花白花白的，头骨上少许的瘦肉也衬得白了。被锋利的刀子剐下来的纯肉是紫红色的，一旦煮进大锅里就模糊不清了，倒是那两大扇排骨和一条长长的腰脊骨，被激越的油水涌动着，浮上浮下，泛一些淡淡的灰白。鲜艳夺目的是一根根涌动的陈辣椒，它们高扬起色彩的旗帜，随着水波的浮动一涌一涌，在欢快地跃动。当然，还有清清白白的葱段，青绿色的蒜苗儿，也一起翻涌在铁锅里，算是一种陪衬。

古塬生听从了头儿王社火的吩咐。他多放了些大料、花椒、生蒜和咸盐，他们要破天荒地吃出狼肉的浓香滋味来。

心肝肺属于狼下水，它们不可以像狼肉那样多煮，有煮肉的一半时间，就熟了。尤其是肝，不能煮时间长了，煮过了，反而会变硬变筋而不可食用的。

古塬生麻利地各切了三盘儿，因为狼肺已经残缺不全了，他就把两个腰子切了，权且作为顶替，拌着葱花又放少量的醋，可真是美味扑鼻。

古塬生端进里间炕上，炕上坐着他的十分麻木的女人，女人面朝山墙，嘴里有些喋喋不休，细辨，是宝娃儿宝娃儿的发音。女人的脸，黄黄的，透一缕青，眼光死盯了某一个位置。古塬生无须多余的话，端了三个盘子进来，拿筷子将盘子棱敲得脆响，当儿——当儿——

女人的听觉和嗅觉还灵，转过脸来，鼻翼抽动着，眼光转移到了盘子上，无须动用竹筷，伸出几根手指来，就一下一下拈了猛吃。

古塬生看着，叹口气，便放心地退出去了。

古塬生并不食言，待锅里的狼肉煮熟煮软后，他切了一大碗精细好肉，调拌好了，端着给王社火送去。

王社火在村巷里与塬生相遇了，他是嗅着肉香赶来的，他觉得不用古塬生这么一碗一碗地送人，他要把村委成员集中在村委的那间老屋里，并慷慨地拿出他那两瓶老白干，一边开会一边分享狼肉。

古塬生没忘了给他年迈的姑姑古婆子送去一碗上好的狼肉。

古婆子如今是老眼昏花了。

自从古婆子失去接生能力之后，她的院落就没有被莫名其妙地抛进猪头与羊腿什么的。每天早晨她清扫院落，土院里有各种树叶，她一帚又一帚慢慢地去扫，就去辨认帚下叶片的颜色和形状，有心的形状，她知道，那是杏叶儿；有圆宝的形状，她知道，那是枣叶儿；有女人的解放脚的长条形状，她知道，那是椿叶儿；还有年轻女人好看的细眉形状，那自然是柳叶儿了。无论什么形状，颜色都有青有黄，她的干干瘪瘪的嘴里，就喃喃生发一句俗语：黄叶儿也落，青叶儿也落……

仰起满是皱褶的脸，抖动一头花白的发，昏花老眼里还是装满了树上青青的果，红红的果。青青的枣呀杏呀，像是一树树初生下来的小月娃，在叶片的翻飞里伸胳膊蹬腿脚，舒展着个子。古婆子便想，古塬村以及附近西塬村、南塬村、北塬村的娃儿，该像这一树一树的果一样的密，一样的繁呢，几条涧沟的狼或是东山的狼，是根本吃不完的。

对于野狼叼走宝娃儿，古婆子在古塬生女人跟前也叹过几口气，表示出几分伤怀，心里却是释然的。她是这样劝塬生女人的：伤心无用，伤心无用，肚子争气点，再生他二胎三胎的，不信生不出男娃儿来，女人家，生娃儿是本分哩！到时候，姑给你接生就是了……

古婆子就怀恋自己青壮年时的接生岁月，那可真是吃香喝辣，一双巧手换来了荣华富贵。

想到这里的古婆子，她干瘪的嘴里有了津液，湿湿地一条拉下来。

古婆子的手，苍老得布满青筋和皮皱，形如一只猩猩的爪。

老了——

她发出如同冬日古塬一样苍凉的浩叹。

这时候古塬生端来了一大碗精选的狼肉。

姑，我给您老端来了一大碗热腾腾的羊肉，你就慢慢吃吧。

古塬生不愿说是狼肉，含糊地说是羊肉。

古婆子抽动鼻孔，两只昏花老眼顿时放出异彩。

她将鼻子凑近肉碗，嗅着，嗅着，忽然，张开一张瘪嘴嗬儿嗬儿笑起来。

好塬生哩，狼肉就狼肉么，还羊肉哩，你能骗得了你姑吗？

古婆子幽深的两眼，像两眼无法测量的洞。

古塬生被她的嗅觉和神奇的判断弄得惊讶不已。

以前，你姑什么肉没吃过呀，猪肉、羊肉、兔子肉、牛肉、驴肉、骡子肉、蛇肉、獾肉、田鼠肉、狍肉、猫肉、狐狸肉，倒还真没吃过狼肉哩。塬生，你的孝心姑领情咧。

古塬生听得心里咚咚直跳。

古塬生一走，古婆子就大嚼大咽起来，吃得热气腾腾，汗流满面。小土窑里充盈了狼肉的香味。

古婆子圆了一张老肚皮，打着饱嗝睡去了，这一睡就再也没有醒过来。

事后有人说，她是吃多了狼肉，肠胃隔住了；也有人说，古婆子是阳寿已尽，本该老去的。

古塬村古婆子逝去了，但留下了一段替狼接生的骇人传说，这传说在未来很可能会变成一段神话故事。

古塬村没有陷入感伤，而是因青皮破天荒背回一只活狼被刺激得愈加亢奋活跃了。

青皮背着门板和门板上的活狼，在村心村巷里转悠了三大圈。

瞅大活的狼啵——瞅大活的狼啵——

青皮像走乡串村的小贩，在招徕一拨一拨的村里人。

娃娃老婆一大群，眼神怕怕地，保持了一定距离，跟在青皮身后，看着缚在门板上的那条身躯颀长的苍灰公狼。

公狼依然断断续续地嚎叫。它的两条断腿被青皮拽在前面，每一个颠簸，就换来一阵剧痛。

嚎叫又刺激着人们的好奇心。村人愈发多起来，黑压压一列队伍，跟在青皮后面，跟在公狼后面。

青皮终于绕到了村外的羊圈前面。那里，自苍狼啖噬羊群后，羊群就解散了，羊圈和羊圈前的场地，显得落寞而空旷。

青皮今天要让这里热闹并且红火起来。

放下门板和门板上面的苍狼。青皮在几百对好奇眼睛的注视下，堆积了一堆干硬木柴。柴火中间，插着一根细长钢棍，直直的有六尺之余。

青皮在人群里发现了王社火那张沉着的脸。

头儿，我先向你请示一下，这只狼，得由我处置哩。

行，给你这个权力。不过，我问一声，你打算怎么处置?

你看着就知道咧。

得到准许的青皮，用火镰点燃了木柴，那堆干硬柴禾就愈燃愈烈了。

大伙猜想，青皮是要活活烧死这只苍狼。可是，火中放那根长长的钢棍干啥呢?

疑问写在一张张新奇困惑的脸上。

青皮把门板上公狼的姿势又摆了一摆，用一节皮带绳把它的脑袋也固定起来。

公狼此时的叫声哀婉凄绝，并且透露着巨大恐怖。在人，在火，在染红的钢棍面前，它胆惧万分地等待着最后裁决。

裁决的时刻到了。

青皮要用烧得冒火星的钢棍，从苍狼肛门里一下子戳进去，捅进去，让钢棍的另一头儿，从苍狼的嘴巴里探出来。

他要用这样的酷刑，替被恶狼咬死的山羊和绵羊们复仇。

人群里自然有古塬生，古塬生站出来甘当青皮的手下。他的面色有了几许红润，情绪也显得好起来。自女人吃了煮熟的苍狼的心肝后，病，奇迹般好了。恢复常态的女人，决心再给塬生养出一两个男娃来。

古塬生见青皮这副架势，心里已明白了几分。他忽然想起以前老爹曾对他说起过，打猎的老爹年轻时曾捕获过一只珍奇的火狐狸。火狐狸遍体火红的毛，疾跑如风。它在山坡上跃动，像一团火在山野里燃烧。就这么一只漂亮而神奇的火狐狸，居然被老爹捕获了。火狐狸贵在它火红的皮毛，如完整地剥下来，就能卖个上好的价钱。老爹即将宰杀火狐狸之际，后山里资深的老猎户闻风赶来，对他说：这样宰杀它，是可以卖个好价钱的。只是可惜了这张贵重珍奇的皮，还有更好的宰杀办法，不知您愿不愿意一试？

资深老猎户颇显得神秘而老到，他说：这个法子宰杀后，这张火狐狸皮子，价格会翻两番的。

古塬生老爹愿意听老猎户有什么新奇的招式，将耳朵凑近了他的嘴边。

其实，招式也很简单。你把狐狸固定在一个木架子上，使它动弹不得。然后，燃一堆柴火。当然，炭火也行。弄旺火，烧一根长长的通铁，四五尺长吧，铁棍烧得越红越好，最好烧到冒了火星。然后，紧握铁棍把子，对准火狐狸屁股，铆定力气，用力一戳，越深越好。火狐狸猛然受到这天大的疼痛，比撕心裂肺还要痛苦，浑身的红毛齐刷刷抖立起来。

狐狸受到这暴烈剧痛后全身痉挛，毛根竖立时快速地剥了狐皮。在以后做成华丽高贵的狐皮大衣时，那一袭火红美丽的狐毛就一直竖立着，风采独具。

当时年轻的猎手，也就是古塬生的爹还不忍心将那杆烧得通红的铁棍插进火狐狸的屁股里，是老猎手咬着后牙沉静着一张铁青色的脸，在火狐狸哀婉凄惨的目光下，猛然一个粗暴无比的举动，奋力戳进了火狐狸的屁股——

那是一声什么样的嚎叫呀？尖厉，凄惨，恐怖，哀怜，无助，火红的铁棍由于捅进腹部而产生的滋滋啦啦的声音，一直在古塬生老爹的耳朵里回响不绝。他不敢多看一眼漂亮的火狐狸那因惨烈的剧痛，而哀怜绝望的眼神。

从人群里走出来给青皮当下手的古塬生想，莫非青皮要弄一张狼毛竖立的皮子做皮衣吗？古塬生不解。

塬生哥，你在门板底下再加几块砖，这一头的门板高起来，狼的屁股就高高蹶起了，看我青皮怎么捅它个狗日的！一家伙把钢棍戳到根。

青皮说着，从火堆里抽出已烧得火星四溅的细长钢棍。

人们的眼，全都怯怯地被那火星子粘去了。

公狼似乎意识到了大难临头，又发出惊惧的几声闷嚎。

青皮用羊肚毛巾裹了钢棍一头，双手握着，朝公狼走去。青皮的脸，被柴火烤得愈发铁青，皮肉绷得好紧。溅着火星的钢棍就要对准公狼的屁股了……

青皮住手——

青皮住手——

两声急切并因急切和紧张而显出几分嘶哑的喊声传来，古塬村小学校长闵生灵闵先生喘吁吁地跑过来。闵先生的前襟上，还沾着雪白的粉笔灰，他显然是从村校的课堂里跑来的。

闵生灵早年间是青皮的老师，老师如此急切地令他住手，青皮只能极不情愿地暂时住了手，将钢棍先放在柴火里，困惑而有些生厌地看着闵先生。

青皮，可不敢这样，万万不可以这样。狼也是一条命，它也有生命的尊严吗！置它于死地，我没意见。但，绝不同意你采用这，这过于残酷的手段，怎么可以这样呢。死的方式很多很多，比如一枪崩了，或用绳子勒死，万不可以让它生生遭受这么惨烈少见的酷刑呀！一些国家对死囚罪犯都取消了枪决和死刑这一款呢……

闵先生喘着，劝说了一大堆的话。

人群中有窃窃的议论声。

青皮依然铁青着脸。不过，他的脸抽动了一下，抽动出一缕讥笑。

青皮，你听我给你，也给大伙讲一段故事。不是故事，是真事，是发生在很久以前的事情。

那是我上大学的时候，那会儿我还十分年轻。在一个暑假，我们几个同学组织了一次带有冒险意味的活动，到南方一大片丛林里进行实地考察。因为学的是生物专业，所以我对异地的许多野生植物就带有特别的好奇。当然，对那里的许多动物也有想要一睹为快的心理。

丛林太大了，第三天，几个人就走失了。尽管事先做了充分的准备，带了水壶、干粮、药物、指南针，还有不可缺少的长刀短刀，但迷失方向的我们心里还是充满了惧怕。

到处是遮天蔽日的高大树木，是相互缠绕的怪异的藤条。一桩桩朽木上有一丛丛硕大的白蘑菇、黑蘑菇。许多叫不出名字的粗粗细细的矮树在大树下弯弯扭扭地生长。还有非常奇怪的花朵，居然在树皮和藤条上生长并艳丽地开放，释放出鬼魅一样的神秘花香。地下是松软的枯枝和堆积的蓬松树叶，处处散发着腐叶的气味，还有野果与落叶覆盖之后发酵了的浓烈气息，让人昏昏欲醉，欲睡。

我和另一位背着药箱的外号叫“医生”的同学走在一起。我们二人自然同心合力，相依为命，以走出这可怕的丛林为第一目标。

第四天，我们仍在森林里徘徊，当然，还没忘了留意身边的珍奇植物，采摘标本或者拍摄下照片，以供今后的学习参考之用。

忽然，“医生”惊叫了一声，他显然发现了什么可怕的事情。

随之他敛了声音，低低地对我说：快看，离我们不远的地方有两只狼，一大一小，大狼在呆呆地盯着我们看呢。

我下意识地抽出腰里别着的那把长刀，在险情来临时，相信它会派上用场的。

“医生”却冷静下来，让我收起那把锋利的长刀，对我说：那只高大威猛的狼不像有要伤害我们的意思。相反，它的目光里好像是有些别的内容，似乎在向我们企求什么，你细心地看看吧。

“医生”说得没错，我关注着那只野狼的动静，它也在观察着我们，并且紧护着身边半大的狼崽。

还是“医生”眼尖，他找出了症结所在。原来是大狼身边的小狼崽负伤了，一条后腿已不能站立。它慢慢走动时，那条后腿就吊着、拖着。

怎么办？

“医生”用手抚摸着他肩上挎着的药箱。

让我们惊讶不已的是，那只高大威猛的大狼也用它的两只企求的眼紧盯着“医生”背上的药箱。

难道狼在这个非常时期，也知晓药箱的用处？这是一个无法解释的谜。

我们决计停下来，看看野狼的反应。

大狼轻轻地叫一声，也停下了。它还在观望着。

医生有意蹲下来，并打开了药箱。

匪夷所思的事情发生了 。那只大狼居然用嘴轻轻叼起了半大狼崽的脖子，将狼崽的身子轻轻甩在它的脊背上，朝我们一步一步地走来。

在离我们有两三米的地方，它放下了小狼崽，又兀自走开，但没走远，还在原来的地方站立着观望着我们。

半大狼崽尚小，它有些害怕地看我们一眼，就颤颤地立在地上，哼叫着，那是一种痛苦的叫声。

我们看到狼崽的那条后腿被撕裂了一大片皮肉，骨头白森森地从裂开的皮肉里露出来。不知是被什么猛兽撕咬了后腿，好在并没有咬断，它挣脱了出来。

我和“医生”慢慢接近半大狼崽。

狼崽怯生生地看了我们一眼，又回头，看了不远处的大狼一眼。看一眼大狼，它似乎就能汲取一份勇气和胆量。

“医生”终于摸到了半大狼崽的身子。他抚摸着它尖尖的脑袋，抚摸着它开始变得粗糙起来的苍毛儿，让它安静下来，让它觉得我们并没有伤害它的意思，相反，让它感到我们是给它医治腿伤，除去它痛苦的……

半大狼崽很快安静下来，且顺从地将那条伤腿移到“医生”的跟前。

“医生”细细察看过，还好，腿骨并未被咬断，只是大腿的部位被撕拽下一大片皮肉，如不上药消毒和及时包扎，会迅速感染化脓，以至于腿骨坏死的。

我们是在医救一只狼啊，值得吗？我们是不是充当了农夫与蛇中农夫的角色？

我轻轻地对“医生”说，同时也在最后征求他的意见。

“医生”没有半点犹豫。他坚决地说：大自然既然派生出狼这种动物，就有它生存的权利。这只狼崽太小，往后它生存的路还漫长，生存的环境险象环生。它还不知要遇到多么严峻和残酷的生活遭际，如果从小就残着一条后腿，那以后不知要多么艰难了。它也是条命，既然来到这个世上，既然要面对莫测的生活，灰色就不应过早地罩在它的眼前。

“医生”用诗一样的语言说完，就专注地给受伤的狼腿敷药，消毒，最后认真地包扎起来。

做完这一切，他拍拍狼崽的屁股，示意已经完成，它可以走了，可以回到它的母亲那里去了。

在我们给半大狼崽精心包扎和医治的时候，不远处的母狼极认真地观察着我们，它一动不动，神情极其专注。

终于，小狼回到了它的身边，虽说还是一瘸一拐，但，走路的姿势不一样了，痛苦已明显消失。那条伤腿还可以轻轻地接触地面了。

我们忙乎了大半天，早已汗水涔涔，收拾好药箱，准备继续赶路时，却看到那条高大的母狼没有离去，它依然离我们不远不近，并且若即若离的样子。

野狼不肯离去，难道它还想恩将仇报，伺机偷袭我们吗？

我们心里惴惴，同时提高了警惕。

后来，我们朝一个方向走着的时候，这只狼终于叫了几声，不是让人阴森的声音，似乎是提醒我们的意思。

其实，我们已经迷了路，不知怎样起步。我们害怕在丛林里转不出去，不妨就跟着这只狼走吧。

我们一跟随，野狼倒乖巧了，它不急不慢，不慌不忙地朝一个方向走去。

我们当时曾怀了多种想法和猜测：这家伙，是不是要把我们带到它们的窝洞附近才开始下口！到那时，狼多起来，我二人肯定敌不过群狼的。

这毕竟是猜测，看看母狼的意思吧。它走一阵，观察一下它的半大狼崽，还要回过脑袋来看看我们。那仿佛在说：跟着吧，跟着走，没错。

无奈中的我们只有跟着走。

夜色来临了，丛林中的夜来得似乎还要早。

高大的树林和一丛丛藤条早已把光线挡得严实。暗雾伴着各样恐怖一起降临在无边无际的丛林里。

累、困、乏，还有同黑夜一起降临的巨大恐怖，一起朝我们袭来。我二人只有坐在树叶松软的地下，且背靠着背，瞪大眼睛，随时得应对忽然发生的险情。

那只母狼带着它的半大狼崽，就机警地蹲立在离我们不远的地方。它后腿卧下，前腿立着，此时像一只护院的狼狗。

我们是被清晨的寒意冻醒的。我们都不知夜里什么时候入睡的，现在几乎同时醒过来，睁开眼，看看不远处的那只母狼。它仍然保持着那种姿势，半大狼崽在它身边睡得正酣。

难道母狼整整一夜就这样守护着狼崽，也同时守护着我们？我二人一片困惑也莫名地感动。

天亮了，我们的心情也好起来。我们至此才完全明白母狼对我们没有恶意，但它到底要把我们引到哪里去呢？

我们还是有些疑惑地跟着母狼走着，这样又走了一整天。傍晚时，丛林忽然矮下来，也稀疏下来。前面，在我们目所能及的地方，就是丛林的尽头。

至此，我们才彻底明白，母狼为了感激我们为它医治小狼崽伤腿之恩，一直在为我们引着一条通向丛林外面的路呢。我们自然心存感激，把包里仅存的一块牛肉干给小狼崽送了过去。

小狼崽叼上了牛肉干，而母狼向我们长嗥一声，似乎有告别的意思，便引了小狼崽，又返回到丛林深处。

假如不出现狼，没有发生以后的故事，我们能从迷失的丛林中走出来吗?

不敢想下去。

可是，尽管我们救了小狼崽，母狼要感恩，它怎么能知道我们是在丛林里迷了路，又怎么知道我们要走出那片大丛林呢?

这真是一个无法破译的谜。

狼也是有灵性的。狼在特定环境下，居然也通着人性啊!

从那之后，对狼这种动物，我从根本上有了另一种看法。

……

村校校长闵生灵闵先生详细而生动地讲述了多年前发生在他身上的与狼有直接关系的事情。这件事肯定改变了他对一些事物的看法，也影响着他的生活和生活中的许多观念。闵生灵这个当年大学生物系的老大学生，企图用这个故事来稀释一下古塬村人对苍狼的深仇大恨，缓解一下那水火不容的浓郁情结。当然，最重要的目的是让他曾经教过的学生，如今打狼小组的成员青皮，改变对这只苍狼即将施行的让人不寒而栗的酷刑。

闵生灵用一个老者的和善而平和的目光，企求地注视着面皮铁青的青皮。

众人也都在看着青皮，看青皮如何处置这档子事。

青皮悠闲地袖起手来，仰脸儿哈哈哈笑起来。能听出那是冷笑，笑得人心里毛毛的。

青皮转脸对闵先生说：闵老师，不，是闵校长。我青皮相信你讲的是真实的经历。我的闵老师不会有一句假话。可是，有句俗话你也听说过。一方水土一方人。同样的理儿，一方水土一方狼。自我记事起，古塬这疙瘩土地方上，苍狼做尽了坏事情，叼猪咬羊不去说了，还不时地伤害小娃娃。它们连死人的尸体都不放过，还要啃个乱七八糟。闵老师，狼救过你，你对狼就有你的看法；狼伤害过我，我对狼也有我的手段，这是两码事，井水和河水的关系。现在请闵校长闪开，别让我的做法吓着了你。

青皮说完，让古塬生固定住门板。他迅疾地从柴火中抽出那根长长的火星四溅的钢棍，对准了野狼的肛门。他握住钢棍，连同仇恨、愤怒和粗暴，伴随他的一声大吼，用尽吃奶的力气奋力一戳——

火红火红的钢棍霎时全部插进了野狼的肚腹。

涧沟公狼双眼立马直了，嘴巴大大张开，爆出一声声惨绝人寰的嗥吼。

人群中不少人赶紧捂住了两眼，闵生灵校长一下晕倒在地。

两天后，在古塬村羊圈窑洞门口上方的土壁上，青皮又掏了一个小小的浅浅的小窑儿，里面放着一只苍狼皮做就的狼标本。标本里面，是一大团柔软的麦秸草儿，外面，就是那张苍灰色的野狼皮，狼毛竖立着，在风中抖动。

青皮说，他很快就要组建他的羊群了，有山羊也有绵羊，他不会把山羊和绵羊分开的。而这条涧沟公狼，将忠诚地守护在古塬村的羊圈上方，风风雨雨，不分昼夜。

第十八章　墓窑奇遇，枪响黎明

青皮戳狼的现场，细心的王社火在人群里没发现杆子的身影。

杆子上哪去了?

作为打狼小组第一个猎杀野狼的好手，杆子这几日的行动多少有些诡秘。

那杆长枪是一定要带的，也少不得水壶干粮之类。不同以往的是，杆子多背了一只柳条箩筐。在山野里偶尔有人问起，杆子坦然地答，打不着野狼的时候，从山坡里弄些个野菜。

杆子背筐并不是弄什么野菜。

在塬上，杆子属于谨慎仔细过光景的人。别看杆子长得高高大大，杆子的心却小，不像其他庄户男人，大大咧咧的。

自半大的猪被狼叼跑后，杆子一直心痛着，因为一出槽，就可卖个不错的价钱，六十七十的，那可是一年油盐酱醋和其他零花的总和呀！尽管他在东山追杀死一只大公狼，解了一些心头之恨，也第一个挣到五十个工分的奖励，可这毕竟不可弥补失去猪娃的心理上的亏空。杆子多日来在心理的失衡中熬磨着日子。

古塬生在涧沟的狼窝里逮着了两只狼崽，这让多日萎靡的杆子心里一振，他一下看见了一条弥补缺失的途径，心下暗喜了多日。他曾试探着对头儿王社火说过，卖掉两只狼崽，镇上的山货行就收购这小东西呢，价格还真可以，能给集体增添一些收入。王社火没接他的茬口，导演了一幕狼崽为诱饵，母狼中圈套的好戏。如今曾值钱的俩狼崽变成两颗风干的“野核桃”，一文不值了……

杆子得悄悄地进山寻找苍狼的洞穴，打跑苍狼，掏出狼崽。他早打听好了，镇上的山货行正好要收这稀有的毛东西，再卖给市里的动物园，一只狼崽的价格最少十块钱，一窝掏出两三只，顶大事儿啦。

杆子带着激越人心的目标悄悄地上东山了。

杆子这回要玩大的，他不想在山峁一带逗留，他直接走过了野驴脖儿，踏进荒无人烟的纵深处。

沿途他是熟悉的，山峁之后的高埝根下，曾留有他击中东山公狼的纪念。他清楚那是一公一母夫妻狼，被他追杀的是只公狼，母狼逃脱了。有母狼在，说不准就有小崽子在。半大的小崽子也可以。而在这，狼窝，还是十分隐蔽的。杆子现在的主要任务是摸到狼窝。

杆子的心里，有些为古塬生庆幸，同时也为他惋惜，庆幸他在离村子较近的涧沟里，就发现了狼窝，抓到了狼崽；惋惜他没有将狼崽变成票子。换了他杆子，早悄无声息地把狼崽卖到镇里，只有把票子揣进怀里，心里才是踏实的。

上次能追杀公狼，这次，定能找到狼窝，逮住狼崽的。

杆子自信地想着，两根细长细长的腿，踩踏在荒草与碎石之间。

越是荒僻的地方，苍狼就越多。狼多了，还发愁找不到狼窝吗？

这样的信念一旦确定，杆子就朝深山处的沟沟岔岔摸去，朝着树多草茂、灌木蓬生的崖壁下摸去。

扑——

是什么东西，被杆子的脚步惊吓了，展翅朝空中飞去。杆子仰脸一看，是一只好硕大的野鸡，叫着离去了。杆子低头细细去辨，突然发现脚下不远的地方，有一个好讲究好精致的草窝儿，草窝儿是用柔软的细草一根根一圈圈盘起来的，草窝里有白花花六颗野鸡蛋。杆子弯腰伸手去抚摸，蛋身上还是温热温热的。他拿起一颗在太阳光下晃了晃，并未发现里面有异物，就在枪托上一磕，一口喝了下去，好香，好甜，好解渴。杆子一连喝到最后一颗。

这时候，杆子忽然想到，野鸡造窝生蛋的地方，怎么会有野狼的出没呢？自己的两只脚会惊跑野鸡，野狼的四只蹄子就不会吗？真蠢呢，杆子。

杆子苦笑一下，离开了这里。

现在杆子专找山坳间发洪水时冲泻形成的深渠和洞穴，看是否会有野狼的窝穴。

狼本身是不会掏洞的。狼会寻找和选择一些天然形成的洞穴，再添加添加，拽得一些草木柴火，堵堵塞塞，来作为自己的窝儿。山洪暴发，最容易在沟沟岔岔里冲出这样一些毫不规则的洞穴。而这样的洞穴，是两头都有洞口的。

意识到这一点的杆子，便在沟沟岔岔里，开始了又一轮的寻找。

洞穴的确是有，有高有矮，有深有浅。深的，里面黑漆漆一团，真是深不可测；浅的，五六尺或丈把长，可以一目了然。杆子折了一把松枝，点燃了一团火把，可以深入到深洞里去。

这里的洞穴都有一个特点，阴暗，潮湿。有的地下还淤了一层软泥，几乎每个洞穴里都有硕大的缓缓移动的大蛤蟆，它们蠕动着，偶尔一叫，把杆子吓一跳。

这时候，杆子又想到，这一道沟岔经常有洪水流泻，只要一下暴雨，浑浑黄黄的山洪就从明明暗暗的水道里咆哮而下，暗道自然就是这些大小洞穴了。今年的雨下得勤快，就是野兔，也知道挪窝搬家的，何况机警的野狼！真蠢呢，杆子。

杆子讪笑一下，离开了这里。

离开前，杆子对准一只好肥胖的大蛤蟆，一脚踢去，将那只大蛤蟆踢得远远的。

杆子茫然地徘徊在苍苍茫茫的荒山野岭上。

日头在杆子的迷茫中悄然游移到了最西边的云海里了。

云海也是苍苍茫茫的，这会儿被西沉的日头染得一片血红，那红是分层次的，淡淡的红，粉红的红，橘红，最底下是血色的红。等日头坠向血色里，天就快黑了。

杆子在天黑前要寻找一个过夜的窝儿，这里，虽说荒僻，土崖壁上偶尔也会有一眼一眼的穴，杆子知道，那是墓窑，过去的墓洞。古人怎么就愿意把自己葬在这荒凉偏远的地方，远远能看见已经朽污的棺木板子，横七竖八，在崖壁上兀现。

杆子不愿意在那样的墓窑里过夜，那些窑洞里显然比较干爽，那地势也向阳吃风哩，里头绝不会有令人生厌的土蛤蟆。但杆子就是不愿意，他觉得那些地方总有一些阴气，不到万不得已不去那地方。

杆子把眼光投放到空中，那是一弯一弯的树杈。

对了，在树上过夜。

杆子选中了一棵老楸树。树干粗壮，上边枝杈交错，他看中了一处，把腿搭在杈间，后背又有树杈能靠能躺，就像家里的藤椅。背好步枪的杆子，噌噌爬到楸树上去了。

真好，杆子把步枪水壶一一挂在树枝上，自己也仰靠在那几枝粗杈上了。这里居高临下，安全舒适，看得远，尽管夜色闭合，但东边已有一轮月儿弯弯地露出脸来，给山野涂了一层蒙蒙的银缎。杆子没有留意，那月牙儿的四周，有着一圈淡淡的光晕。

这种感觉真好，杆子真是凌驾于山野之上了。山野的景物尽管混沌一片，还是可以一收眼底的，一丛丛蓬勃茂盛的连翘和野紫藤，把一阵阵浓浓幽香释放出来。低矮却茂密的酸枣丛黑魆魆的，仿佛隐藏了许多神秘的故事。夜游的山鸟并不多，叫唤声却特别，很悠扬，很悦耳，让山野夜色显得很悠长。

杆子瞪大了眼窝，他想目击到夜游的猛兽，他知道猛兽们一般是夜里出没的，他想这老山荒野里，除狼外，到底还有什么样的凶猛动物。

山野里却很静，只有山风掠着野草和树林发出嗖嗖的声响。

杆子感到身上有些困，也感到下身有些憋，他往树下放了一泡长尿，听着尿水打在草叶上的沙沙声，无聊地一笑，往后一靠，眼睛闭上，在夜风的抚摸里渐渐睡去。

这一觉睡得好沉好酣，打着香甜的呼噜，释放着上山以来的困顿。

杆子是被一阵剧烈的撕咬尖叫声惊醒的。这混杂而尖厉的声音就来自他所斜躺着的这棵老楸树下。

意外的惊吓使他一下子睁开了双眼。两只手也下意识地去抓住身边枝子上挂着的步枪。

夜色灰蒙蒙的，树下有几个灰黑灰黑的家伙，四个或者五个，他一时没有数清。不知何故，这四五个家伙分为两伙，在互相撕咬，有时候，就撕咬成一团，就像两伙人在打群架。

等眼睛适应了夜色，杆子看清了这是五只野猪，他吓了一大跳，怎么会聚集起这么多的野猪？

杆子看清楚了，五只野猪里有两只身材高大的是一伙的，另外三只身材较矮的属于一伙，它们为什么撕咬呢？

一股股浓浓的刺鼻的腥臭味扩散开来，在树上，在杆子的四周缭绕。

杆子已经好几年没见过野猪了，以前在东山做活时，听人们喊叫着，也只是远远地看一眼，那是野猪惊慌逃窜的身影。这些家伙，嘴尖脸长，毛硬皮厚，只要跑到一块玉茭地里，或者红薯地里，一晚上就能糟践一大片，这几年，野猪的确少了，今儿怎么会在杆子栖身的树下呢？

杆子好奇地探望。

不看不打紧，一看，他吓傻了。

原来，这两伙野猪在争抢杆子所栖身的这棵楸树的“刨挖”权。

野猪这东西别看蠢笨，嗅觉却十分灵敏，又凶悍无比，它们其中的一伙路经此处，意外地嗅到了杆子身上的气味，又看清了杆子所栖身的这棵粗壮结实的老楸树。这些凶悍的家伙便凭借自己浑身的蛮力和一张尖长结实的嘴脸，对无法撼动的老楸树树根，一次次蛮横地刨挖开来，那一张张尖尖的长嘴和嘴前的猪旋头，如同一只只尖锐的犁铧，片刻工夫，老楸树下就被三张坚硬的嘴犁开一个大土坑。

恰在这时，又有两只高大壮实浑身油渍的野猪路过这里，看到树上那一团卷曲的诱惑，以及树下三个矮小同类的企图，便凭借高大威猛的身体，野蛮地打破了先来后到的秩序和野猪圈里的游戏规则，欲将那三只矮野猪挤兑到一边去，由它们接着去攻去刨已经暴露出无数条白黄色树根的土坑。

矮小的身材只标明着品种的不同，丝毫不代表勇猛的不足或者成为软弱怯懦的标志。三只矮野猪对另外两只悍然入侵者先是发出了警告，它们都停止了对土坑的刨挖，站立下来，用愤怒的猪眼睛盯着不怀好意的来犯者，同时嘴巴里哼出了交战之前那种准备阶段的具有威慑力的哼叫。

任何一个动物群里，都有一套属于它们自己的生活规则，承袭着和遵守着这些用鲜血甚至性命换来的规则，才不致使这个群体彻底紊乱，才可以在更为恶劣的环境下，求得生存，求得扩展。如果后来者识趣，意识到自己的无礼，便会在这种威慑的警告里清醒过来，退却出去，再到其他地方寻觅自己的食物。

可后来的这两头野猪却不这样做，可能是饿到了极致，也可能是野蛮天性的使然，它们根本没把三只矮野猪放进眼里去，一意孤行地跃到树根下土坑里，抢占地盘，欲夺成果。

忍无可忍和自尊心的屡遭伤害，使三只矮野猪同仇敌忾对待后来者。野猪尖利的嘴巴，不仅仅是对付各种食物的，不仅仅是对付各种天敌的，大多时候像犁铧一样能在一夜之间把农人的红薯地花生地土豆地犁个开膛破肚。而这时候，野猪的嘴巴就成了自己的武器，成了捍卫尊严捍卫地盘的一把把锋利的铡刀。

无可避免，一场野猪间的生死交战，就在杆子栖身的这棵老楸树下的土坑里开始了。

先是矮野猪中的一只向一只高大的雄性野猪突发了进攻，它张大嘴巴，它的几颗坚利的獠牙并不矮小，如同人类的一把把锋利的匕首，白晃晃的，把灰黑的夜，也晃出几缕光明。

这是一个突发性的出击，迅猛凶悍。高大的公野猪还没反应过来，它的肥厚的屁股上已被刺进三根利齿，在猛一挣脱时，利齿就撕开了一片血肉。

几乎同时，另外两只矮野猪也向那头高大的母野猪叫嚣着扑去。

就是这一阵嘶叫声把树上的杆子惊醒的。杆子惊惧地目睹了一场野猪间的殊死凶狠野蛮惨烈的搏杀。

这时候，两只高大野猪不得不认真地对付这三只矮肥的家伙了，它们开始了疯狂的反扑。

高大的公野猪屁股上火烧火燎般的疼痛，这疼痛激发了它的斗志，它瞅准咬它的矮个野猪，一阵黑旋风一样扑过去，连扑带咬，居然把矮个野猪扑倒在地，还没容它翻滚着爬起来，一口咬住了它的一条后腿，拉着，拽着，把它拉到几丈远的地方。

这边高大的母野猪和两只矮野猪撕咬成一片了，只见矮野猪先后在地上翻滚着，又挣扎着爬起来，不甘示弱地同母野猪进行生死较量。

汉大力不亏，是人类的一句俗语，说个子高的力量也大。不然，在人类运动的拳击项目中，就没有轻重量级之分了。

此话同样适用于野猪群落，在撕咬的整个过程中，两只高大野猪渐渐占了上风，公野猪没让倒地的矮野猪起来，便凶残地咬断了它的一条后腿，那是从大小腿关节处下口的，咔——嚓——一口就咬断了。

它居然把咬断的半截小腿骨血淋淋地吞吃下去了。

与此同时，另两只矮野猪，齐心合力对付高大的母野猪，在一片混乱的撕咬中，一只矮野猪生生地咬扯下母野猪的一只大耳朵，那可是连皮带肉扯拽下来的，那条皮肉一直牵连到高大母野猪的半边脸颊上。此时，它发出了尖厉的嚎叫，血已经把整个猪脸染红了。

树杈上的杆子看得心惊肉跳。

杆子知道，在前些年，田地里的庄稼让野猪糟蹋得不成样子，玉茭还没彻底熟透，野猪就在夜里三五一伙钻进玉茭地里，先把一片片玉茭踩倒，再啃吃掉玉茭穗子，七八亩地，一夜间就给全弄倒了。村民气不打一处来，就设法在地里埋下了地炮，地炮倒是响了不少，却没能打着一只野猪，这让村民好不气馁。

愈来愈猖狂的野猪居然敢在夜里进入村落，闯入家户啦。

杆子知道，古塬生家养着一头花腰子母猪，白白的皮毛上有着一朵又一朵墨色的玫瑰黑，煞是漂亮。这只很年轻的母猪下过一窝小猪崽之后，就不好好生养了，发情季节里，对前来交配的公猪要么不配合，要么挑三拣四地，一副小姐似的娇滴滴的模样。可是，就是这只漂亮的花腰子小母猪，竟然在一个夜里跟着一只前来骚扰的高大的野公猪跑了，私奔了！这真让人匪夷所思，也让古塬生好没面子。好多日子，他连家门也不想出，就好像自己的闺女跟一个野汉子偷跑了一样，他无脸见人哩。

这就是野猪给杆子的印象。

逮不住狼崽，弄一头肥野猪回去也行咧，有上百斤的野猪肉哩！杆子美美地想。

狗日的蠢家伙！杆子狞笑一下，拿起那杆步枪，他得朝下瞄准。

杆子将枪口对准那个刚刚吞吃了一条野猪腿的高大的公猪，心里想，古塬生呀，说不准就是这个家伙拐跑了你家的花腰子母猪，让我把你这只野猪女婿给你打回去吧。

枪口对准了那只野公猪的脊背，也只能是脊背了，杆子是居高临下的。猛一扣动扳机，啪的一声脆响，子弹却从野猪的脊背上吱溜一下滑出去了，这让杆子好不惊讶。

怎么回事？

野猪长年累月地在野外奔跑，原本就厚实的皮毛，又经常在松树柏树上蹭痒痒，时日一长，浓浓的松柏的油脂就涂在它们的皮毛上，一层又一层，光滑厚实，以至于有些刀枪不入了。

杆子又开了第二枪。

混乱中，他弄不清这一枪打中了没有。

杆子错了，他不该着急开枪。

因为杆子还是没有经验。他应当耐心地等待，耐心地观望，这两伙野猪必定会杀个你死我活的，等到它们两败俱伤的时候，他再收拾残局，那该有多大收获啊！

杆子却有些性急了。

一片混战中的野猪们被意外的枪响打愣了，第二枪，打伤了一只野猪的嘴巴，疼痛和惊吓使它慌忙逃离了，它这一逃离，其他几只也匆匆逃命去了……

山野里一时又沉寂下来。

杆子感到一阵阵闷热，尽管在树上，却没有一点风，他出着汗，后悔自己沉不住气，这一后悔，汗出得更多了。同时，他也感觉后怕，如果野猪们真把这棵树根刨出，他会随着倾斜的树身一块倒下来，到那时，他不成了那伙蠢笨家伙的一顿美餐吗？

好险哪！

杆子想着，又欲撒尿了，这回尿是吓出来的。

沙沙沙，沙沙沙。

杆子听到尿打草叶的声响时，又听到了头顶和身边的树叶们也在沙沙地响。起先是稀疏的，渐渐密集了，一个闪电紧接着震耳的炸雷让他明白过来，下雨了！并且是来头不小的雨。

雨越下越大。

起先杆子以为大楸树会成为一把大伞，能遮风挡雨的，谁知道这雨下起来没个够，哗哗啦啦地把他浇个精湿。他被雨水淋打得浑身发冷牙齿打战，他无法再在树杈上待下去了，得下去避避雨再说。

四野灰蒙蒙一片，眼前尽是雨的世界，朝哪儿去呢？

杆子趔趔趄趄踩着山野的泥泞，走到一棵大松树下，折下一大把松枝，好不容易燃着了一团火把，好了，这下等于有了一对亮亮的眼睛了。火把也使得杆子恢复了原有的超人胆量。有火把在手，有上了子弹的枪支在手，夜再黑，雨再狂，山再荒，风再大，他杆子没什么可怕的了。

可是，可以避雨的地方太难寻了。

绕来拐去，杆子的脚步不自觉地走到了他白天看到的北崖上那几眼黑黑的破旧的窑洞跟前。

那可是旧时的墓窑啊。

杆了迟疑一下，犹豫一下，双脚还是朝北崖上迈过去了。

人有十年旺，神鬼不敢望哩！

杆子咬咬牙，喃喃地说出这句俗语。

杆子原本就不信鬼神，后来又当了几年兵，更不信那一套了。相信鬼神的人，都是自己吓自己哩！他这样想。

山野的雨大，山野的泥却不沾脚。有乱七八糟的杂草长在地下，双脚还是利落的。

一手擎火把，一手拿枪杆的杆子，脚步利落地上到了北崖。

北崖一片肃穆，雨中的北崖肃穆里还有一片凄迷。

杆子摸进了第一眼墓窑。

这已不是什么窑了，坍塌的土垫满了原本就不宽敞的窑洞，而早已朽污的棺木横七竖八地在塌土上零散着。

杆了退出去了。

他朝第二眼墓窑走去。

雨中的杆子并没有嗅到一股非常刺鼻的气味儿。

尽管杆子脚步麻利，从不拖泥带水，在这有泥有水的夜里，脚步还是弄出了一些些声响。刚把脑袋伸进墓窑里，借着火把的光去看时，杆子看到了……

杆子的心一下提到了嗓眼上，他分明看到了一对绿莹莹且恶狠狠的目光。

他手中的火把差一点跌落地下。

随之，他听到了一声示威性的哼叫，是在嗓眼里上下滚动的那种哼叫。

杆子的头发倏然间抖立起来。

提枪的右手，不可思议地抬起那杆并不轻松的步枪，食指快速地扣响了扳机。

呯——

这一枪，在墓洞里异常响亮地炸起。

响声未落，那有着绿幽幽眼睛的东西嗷地嚎叫一声，夺路而逃。

狼，苍狼，怎么会是苍狼呢！

难道这会是苍狼的窝洞不成？

杆子的脑子还没反应过来，就听到墓窑后面的一阵叽叽咕咕的哼叫声。

杆子好奇而惊骇地朝里走去。

低矮的墓窑里侧，有一大片柔软的干草，杆子借了火把的光亮看去，他意外地看到了三只在干草上蠕动着的小东西。

是三只小狼崽!

意外的惊喜一下子刺激了杆子。杆子一时间竟有些不知所措了。

这时候，愤怒而仇恨的嚎叫声又在墓窑外响起来。

发现小狼崽的惊喜使杆子陡生了胆量，他快速地换好子弹，冲出墓窑外就放了一枪。这一枪是盲目放的，是想吓跑那只护崽的老母狼的。

母狼被这一吓，真的跑远了。

这狗日的东西，还是自个儿和自个儿的小命亲!

杆子冷冷地笑着，把吓得正不知所措的三只小狼崽收进他圆圆的柳条筐子里。上上下下，又严实地覆盖了一层软绵绵的干草。

挎起有了内容也有些沉甸甸的柳条筐子，依然是左手擎了火把，右手拿了上好子弹的也上好了刺刀的步枪，杆子步出低矮破旧的墓窑，他随时准备朝前来护崽的母狼开枪。不过，杆子还是自信的，有步枪在，有熊熊燃烧的火把在，这狼还不敢贸然上前来。

大步走着的杆子欣喜地发现，天，渐渐亮了。

他又朝身后放了一枪，这一枪打过，雨，居然神奇地停了。

杆子正好赶路。

他不会进古塬村的，他要绕村边走过，直奔镇上的山货行。

杆子两根细长的腿，在清晨的山野里替换着快速地走……

第十九章　母狼挟持，疑云重重

古塬村小学校长闵生灵先生每天放学都要站在学生娃儿的后面，走胡同串巷子，直到把娃儿一个个送到家门口，他才放心地返回小学。

今儿放学早，最后送回的一组娃子，是杆子家的儿女们。

杆子三女一儿，大女儿三年级，二女儿二年级，三女儿一年级，最小的是儿子，应上幼儿园的，村里没有幼儿园，儿子就跟着三女儿，坐在一年级的班里。上学时，杆子的一众儿女们就相跟着去了，放学时，像别家的娃子一样，闵先生就把属于杆子家的一组护送到杆子家门口。

多年都是这样的。闵先生薄薄的布鞋底快速地在古塬村的土路上摩擦着，稳妥安全地守护出一茬又一茬的学生，也摩擦出闵先生的好声誉。

回学校的路有经过村心的和村边的，村心的那条路近，热闹；村边的路稍远，安静。闵先生常常放弃了热闹的近路，选择村外的宁静。

闵先生背着手，不急不慢地走着，呼吸着雨后清新的空气，倾听着布鞋底同潮湿的路面轻巧的接触和轻微的摩擦声。

他喜欢在这种似有似无的声音里想一些事情。

今儿是周六了。

照常规，周六下午，娃子是不上学的。换句话说，他只需在周六上午放学后送娃子们回家，这一周，就圆满地过去了。

这是古塬闹狼的年月，古塬一带把闹狼叫犯狼。犯狼哩，犯狼哩，吓死人了！古塬村人都这样说。犯狼是指当地的苍狼频频出没，伤害家畜甚或娃子们。这个年月里的每一天，作为村校校长，闵先生得守护好每一个学生娃子的安全，就像早年间古塬村的接生婆古婆子要保证每一个出生娃儿的生命鲜活一样。每一个学生娃儿都是闵先生的一份责任哩。

对于这个令人生畏的闹狼年月的降临，闵先生还是找出了一个直接原因。这个原因古塬村人并不去追究，或压根就不知道，那就是，在东山的更深处，东南方向约七八十里的中条山一带，专业研究人员在那里发现了丰富的矿石，那可是铜矿石，似乎是一夜间就调配来了十几万人，甚至更多。原本荒无人烟的大山忽然就成了一座大矿山。开山炮声此起彼伏，那里显然就热闹成了一座山中的城市。

那原本是苍狼生活和出没的天地，忽然就被陌生的人群和可怕的炮声占据了。苍狼万分惊惧又十分无奈，被逼迫着开始了一批又一批的生存大迁徙，很自然地，一部分苍狼就选择了东山一带，选择了古塬一带，这使得相对安宁了几年的古塬，又演绎了一幕幕闹狼犯狼的可怕悲剧……

在这样大大小小的悲剧或闹剧面前，早年钻研生物专业的闵生灵先生，既不愿意当一个冷漠的旁观者，又不能走向事件中心充当主要参与人。他都不可以的，心里却有一种焦急忧虑，无法实施在行为上。他只能照护好学生娃儿们，尽到一个校长和教师的本分。

闵先生悠悠然然地走着，却看见了不远处匆匆过来的杆子。杆子左肩挎着覆草的柳条筐，右肩挎着步枪，衣裤皱皱巴巴的，勾了头急急过来，似有什么紧要事儿。

杆子吗——

这样急急地，要去哪里？

温和中，亦有一缕疑惑。闵先生问他。

哦，是，是闵老师——

杆子扬起脸，有些惊慌，下意识里将柳条筐子一扶，平静了一下，挤出一些笑来。但惊慌还是遗留在脸上的皱纹里。

我到村子边上，弄些猪草来……

对闵先生，杆子是尊敬的。闵先生早年就在村里教书，现如今又教育着他的一组儿女们，杆子没有不尊敬的道理。

杆子欲卖小狼崽的事，是不想让任何一个村里人知道的。张扬出去不好，让人们笑话杆子的眼小和贪财，把钱财看得比荣誉还重要。尤其是不敢让王社火知道，他是村干部，又是打狼小组组长。自己这样偷偷卖出三只狼崽，是对打狼小组成绩的隐瞒，对那份荣誉的亵渎……王社火会恼火不说，以后更会轻看他杆子的。

杆子含含糊糊应答着走过去了，给闵先生留下一丝疑问，弄猪草还要背着枪？往镇上去的路边有多少猪草？那个沉甸甸的柳筐里有咕儿——咕儿——的哼叫声，像是装着几只小狗崽。

闵先生毕竟不是好事者，他平和地笑一笑，有几分慈祥地目送杆子的背影匆忙离去。

闵先生返回学校了。整个一上午，钻入他耳中的，不是学生娃儿的诵书声，不是其他两个教师的授课声，却是莫名其妙的咕儿——咕儿——哼叫声，他奇怪这叫声的来源，寻来觅去，原来在自己的脑子里。

闵先生的脑子里时时出现杆子背上沉甸甸的柳条筐，以及筐子里那团干草下，他以为是小狗崽的东西，是那些东西在咕儿——咕儿——啼唤个不住的。

闵先生摇摇头，自个儿苦苦一笑。

咕儿——咕儿——

这声音固执地响着，响得闵生灵先生的心里好痛好疼。

好不容易，上午放学时间到了。

闵先生就一如既往地站在学生娃儿的后面，走胡同串巷子，把孩娃儿们一个个送到家门口，再看着他们进了院门，闵先生才会放心地移开脚步。

今儿放午学如同放早学一样，最后送回的一组孩娃儿，仍是杆子家的儿女们。

大女儿二女儿三女儿及最小的儿子，他们小手拉着小手，哼唱着一首有古塬韵味的荒诞而永恒的歌谣：

搓，搓，搓，
搓新谷，
古家塬里有细谷。
大班班，小班班，
拨拉柴火滚滩滩。
葱芽儿——韭芽儿——
古婆婆给我抓个狗娃儿。
狗娃还没长好哩，
狗娃还没吃饱哩。
……

闵先生喜滋滋地听着歌谣，直把这一组儿女送到杆子家的院门前。

院门是柴门，一蓬旺实的酸枣刺扎就的，门把边上，吊着一把铁锁子。

这家没人呢！

闵先生就忽然想起早上见过的杆子，想到杆子的女人可能在田里还没回来。他有些犹豫了，是在这里守着几个娃儿，等他们的家人回来才离开呢，还是让娃儿们先玩着，等着他们大人回来，自个就先回学校去呢？迟疑间，几个娃儿兔子一样蹦到门对面的小小家园里，在那有树有草有花的小园子里玩开了藏猫猫。

闵先生的肚子有些饿了，抬头看看天上那一轮烧饼一样的太阳，就更饿。他叮嘱了几个娃儿几句，要他们莫要乱跑，莫要离开园子，等会儿他们爹妈就回来等等，便转过身子，一人快步返回了小学。

闵先生在小学的老屋里尚未坐稳，先后有两人前来唤他，第一个是古塬生，他是唤闵先生到家吃饭的，女儿上着学，今天轮到闵先生到他家吃饭了。自古塬生女人吃了狼心狼肝之后，病，奇迹般好了，女人做饭是把好手，今儿包好了狼肉馅的饺子，要好好款待闵先生哩。

闵先生起身刚随着古塬生走了几步，第二个人来了，来者不是别人，是他才不久送到家门口的杆子的上三年级的大女儿。这女娃儿小脸煞白，一条鼻涕两条泪的，前来向闵先生哭诉，说她的弟弟梁梁被一条大灰狗叼跑了，刚叼跑，就在他们方才玩家家的园子里。

哦!

闵先生和古塬生大惊失色，看那女娃一脸的惊怕不像是说谎的样子，便大步朝那小家园里跑去……

怎么会是大灰狗，分明是狼呀，是苍狼干的。闵先生和古塬生都清楚，可怕的事情又发生了。

闵先生慌了，心里就严厉地责备自己，真是老糊涂了！真是老糊涂了！咋就不能在杆子家门口对面的小园里多待一会儿呢！多待一会儿，也许杆子就回来了，也许杆子的女人就回来了，人家的柴门上不是明明悬着一把铁锁吗，这不就是告诉你人家都不在家吗！你就不能多待一会会儿？真是，真是，这下好，这下可是弄下乱子，闯下大祸了，看你闵生灵如何给人家杆子交代！如何给古塬村人交代哩！

闵先生暗骂着自己，腿脚快速地跑，薄薄的布鞋底和粗糙的土路面儿，快速地摩擦着，噌噌噌噌地。

也不能全怪自己呀！

闵先生又想，自己确实是把杆子的儿女送到家门口了，谁让他家没人呢！难道天黑都不回来我也要等到天黑吗？再说了，杆子家的男娃梁梁不是严格意义上的学生娃儿，他只是杆子家的三女儿的一个捎带。当初，是杆子苦苦求自己，让小女儿上学时捎带上那个小尾巴的，才接收下来的，这并不符合校规呀！可是，可是事情就偏偏出在这条小尾巴身上了，青天白日的，咋就能让苍狼叼跑呢！果真叼跑了，自己能脱得了干系吗？

闵先生这样胡乱想着，和古塬生就跑到了事发地点小园子里。那里已聚了不少人，杆子的女人也收工回来，正惊怕得不知所措，闵先生又从杆子另两个女娃口里，证实了事情的过程。他们姐妹四人正在小园子的树下藏猫猫，忽然从草丛里就蹿出一头苍灰苍灰的东西，像狗，一只高高大大的狗，它从三女儿身边蹿过，直接跑到梁梁跟前，叼上就跑了，跑得并不是太快……

快追呀，还愣啥呢！

闵先生领了这边的一伙人忙去追赶，古塬生回去拿猎枪去了。这时候，王社火也闻讯赶了上来。

有个村里人气喘吁吁地对他们说，他亲眼看见一只大苍狼叼着个娃子朝东山跑去了。怪的是，那家伙跑得并不快，跑跑停停就回头望望，这会儿正上东山坡呢。

王社火闵先生就引了一群人朝东山追去。

他们远远看见，东山坡羊肠小路上，一只好高大的苍狼叼着一个娃儿，在不紧不慢地走着，它还不断地回头，转着脑袋看山下朝它追来的人们，随之又颠着蹄子朝山上跑去。

打狼啊——狼叼娃子啦——打恶狼啊——

王社火举起拳头，大喊，像平常开会领喊口号一样喊着。王社火引着一伙人追去……

第二十章　护崽心切，勇斗野猪

叼走杆子孩娃儿的这只苍狼，是东山母狼。

关于东山母狼，古塬村人该不会陌生。

它是在东山峁上，与东山公狼一起藏匿于草丛中，准备偷袭羊群时，被牧羊人青皮一牧羊铲砸伤前腿的那只苍狼；它是在经过二十余天的伤愈后，与公狼一块夜袭古塬村的羊圈，并肆意咬死咬伤二十余只山羊绵羊的那只苍狼；它是被杆子一枪打飞了半片耳朵的那只苍狼；它当然也是在昨晚的墓洞里，被打狼小组的杆子撞了个满怀并一枪打跑的那只苍狼。

这个炎热且多雨的季节，对于东山母狼来讲，是个多灾多难危险频发的季节。

东山母狼万万没有料到，它的公狼会在这个季节里，会在一个可怕的黎明被人一枪打中肚腹，随后追杀而死。那个清晨同以往的任何一个清晨并无二致，它们游荡了一个夜晚，可以说是一个毫无收获的夜晚。对于他们，这样的夜晚司空见惯，要么有喜悦的收获，要么空口而归，这就是苍狼的出游生活。

可是，那一天不同，那一天有了第三种内容，那是多么惊骇的内容啊！

每每出游回来，走到东山峁之后的高埝脚下，它们约定要在那儿简短停留，或撒一泡尿，拉一泡粪便，或在那里蹲坐一会儿，对出游的这个夜晚做一下简要的总结。它们要想一想，成，成在哪里；败，败在何处。它们总结与交流的方式是默默地对望着，从对方的眼睛里，读出非常丰富的内涵，或褒奖，或责怪，或肯定，或揶揄。它们通过眼神的交流，使对方清楚地知道，在下一次的出游里，该做什么不该做什么，如何识别人们为它们设置的陷阱，怎样才能不至于失去一个绝好的机会……

东山母狼在无数次与公狼交流的眼神中，在熟悉不过的公狼的那对眼睛里，读出褒奖多于责备，鼓励总是多于不满的内容。公狼是一只性情沉稳胸有城府的苍狼，它练达，有足够的谋略，又有丰富的出游经验。即使出游中遇到了意想不到的变故，它往往也能使出绝地反击的招数来，从而化险为夷，或者说死里逃生。公狼长得高大威猛，能跑善猎。和这样的公狼生活在一起，在险象环生的生活中，它时时有一种安全感，即使出猎失败，空口归来，东山母狼的心里，也荡漾着某种天然的幸福感和满足感。因为，什么能比拥有这样一个沉稳骁勇的伴侣更令它愉悦的事情呢？

可是，公狼偏偏没有逃过那个劫数，那个划破黎明使天地和山野顿然变色的一枪，把它的公狼放倒了。那一枪打在它的后腹上。子弹在它宽阔而结实的后腹部位炸裂开来，炸开了一个可怕的洞。有殷殷的血从开裂的肚腹中流出来。公狼只是倒地翻了一个筋斗，它绝没料到这一枪会来得这么突兀，这么匪夷所思，这么不可理喻。筋斗翻过，本能使它们快速逃匿，这一快速颠跑，那一团白花花的肠子从公狼炸裂的腹部伤口挤了出来，掉了下来。公狼依然在逃着，它没有发出疼痛的嚎叫声，是东山母狼在频频叫着，在为公狼壮着胆，也在为自己壮着胆……

东山母狼曾使出多种招数，如唤来同伴，企图吓跑身后那个持枪的追赶者。无奈，追赶者过于厉害了，跑得如此快捷。更可怕的是他手中的那杆长枪。枪的声音真能使它们魂飞魄散，落荒而逃……在仓皇紧张的逃亡中，它又听见了一声可怕的枪响，清脆而嘹亮的那种响声。几乎在响声炸起的同时，它的一只耳朵麻木了一下，酥了一下。它感受到了耳轮与耳垂在瞬间剥离与分散，像一朵盛夏的芍药花，在饱满而尽情地开放中忽然就散裂了，那是被倏忽炸裂的，花瓣四散，落红萧萧。东山母狼并不知道它的大半只耳朵被炸飞了，它只感到了麻木和痒酥之后的疼痛，剧烈的疼痛。

无奈中，它们只能落荒逃散了。

公狼是在用心劲拼命逃跑着。母狼看见它的血滴落在它们逃过的山路上，那一团肠子早已挤出了伤口，像一条尾巴拖拽在山路上，青白色的肠子上已是血色的污和土色的污了……公狼的眼光已经散了。那是公狼留给母狼最后一个印象。

那眼神一直深扎在东山母狼的心里。

当天傍晚，它曾沿着血迹去寻找公狼，企图找到公狼的下落，哪怕是一具尸体也好。它失望了，它只在茂密的草丛里看到了一大摊浓稠的血，看到了草丛中被压倒的拖痕……

东山母狼疯狂地舔舐着血迹，那是它可爱公狼的最后血迹呀，它舔得干干净净，长长的舌头被草丛石砾磨破了几处。最后，对着空旷的山野，它发出了歇斯底里的哀嗥……

它永远失去了在这个尘世上与它同患难的伴侣，失去了它无比信赖的并且作为情感依靠的公狼，它的哀伤无与伦比，它的泪水伴着那些日子里汹涌的暴雨，把整个荒山野漠和碎石杂草浸泡得湿漉漉一片。

东山母狼也曾寻着公狼残存的气味找到了古塬村，在那棵高大粗壮的老槐树下，气味消失了，而槐树下却有一片刨挖的新土。

它的公狼被埋在这里了，它的公狼被古塬村人埋在槐树下了，它的公狼被那个瘦高的汉子追杀后，拖到这里埋了。

东山母狼在漆黑的夜里，绕着老槐树走了一圈又一圈。是愤懑情感的宣泄，是对公狼无限的留恋。直到东方出现第一道鱼肚白，它才不舍地离开……

从视觉和气味上，它记住了那个置公狼于死地的瘦高汉子，那个有着两根细长腿又疾跑如飞的汉子。它对他，对他的那个有着一挂柴门的家并不陌生。半年前，是它叼走了瘦高汉子家半大的猪娃，那次是它独自出猎的，是有惊无险的一次，也是收获颇丰的一次。而且它又一次从公狼的眼睛里，读出了赞许和肯定。

正好那次公狼从南塬村叼回一只羊羔来，那时它们是多么满足和欢愉呀，吞饱了猪肉，喝足了羊血，剩下的，拖回到窝里储存起来，以后再吃。为了表达它们的亢奋，公狼在高埝底下与它疯狂地交配，公狼喜欢在露天的旷野同它交欢，不像其他公狼把这种美好的活动仅限于狭窄的土窝石洞里。公狼交配的动作狂野而富于力度，身躯大起大伏着，一次次猛烈地拍击着它，撼动着它，震颤着它，让它走进了一个忘我的境地，甚至走进一个全新的幻境，它的双眼湿润了，放着光亮，完全忘却了作为苍狼所面对的生存的艰涩和处处充满的险情……公狼激情四射也让它激情四射。公狼山洪暴发一样的喷涌如同浪涛拍石一样拍击着它灵敏的神经和柔软的腹腔。它们无所顾忌地嚎叫着，宣泄着，抒发着，陶醉在春日的旷野里……

是瘦汉杆子断送了它们的一切，那致命的一刺刀刺穿了公狼的腹腔，剖开了公狼的肠肠肚肚。那一刺刀也深刺在母狼的心域里，使它刻骨铭心地记住了那个高高细细的瘦汉子。它发誓要为公狼报仇，也为它们雪恨。它一次次在风高月黑的夜里踱到古塬村里，在那个熟悉的有着一蓬酸枣荆棘的柴门前徘徊。它欣喜地发现柴门对面有一个幽静的荒芜的小园，园子里除了遍地荒草之外，还有矮矮的桃树杏树石榴树花椒树皂角树，还有废弃的石磨石盘，还有鼓石和几尊不高的石羊石马。这一切，都伫立在草丛里，东山母狼悄无声息地淹没在石磨后面的荒草中，留心观察对面柴门里的动静。

柴门里总是会有动静的，是那个细高男人在出出进进。而他每次的进出里，总是挎着那杆令它惊骇惧怯的长枪，让东山母狼不敢轻举妄动。

有时柴门会吱扭一下被人拉开，是个矮胖的女人拉开的，她的手里也总会有一柄锄头或几根木柴，她的身后常常跟了一大串她的孩娃儿，女儿和儿子，三个四个的不等。这无疑是一家人了，这三个四个的无疑是细高瘦汉和矮胖女人的孩娃了。东山母狼在荒草萋萋的园子里守候，等待下口的那一瞬。这一瞬还没等来，东山母狼沉甸甸下坠的肚皮已不容它等下去了。由于过度悲伤和过分劳累，它在自己的窝里早产下了小崽，一窝七只，侥幸活下来三只，这是它和东山公狼最后一窝狼崽了，这也是公狼的遗腹子啊！母狼怀着前所未有的情感尽心呵护小家伙们，使它们度过了害眼疾的可怕日子。还好，三只小崽虽说身子小了些，身骨弱了些，但有它腹下那饱胀的奶乳，有它精心的护理和无微不至的照料。它相信它们会一天天壮实起来的。它要把它们培养得高大健硕，像它们的狼父狼母，不仅有一副坚实的身躯，还要有一套猎获的本领……

怀着这种不算奢侈但异常坚定的信念，东山母狼熬过了分娩之后苦痛不堪的日子。它想平静一段时日，除了外出力所能及地捕猎一些野兔、獾子之类的小动物外，没有冒险走下山来，没有贸然走进古塬的村落，尽管村落里的猪啊羊啊诱惑着它。它理智地一次又一次叮嘱自己，当务之急不是去大搞猎获，不是去突袭报复以解心头之恨，它的要务是同小崽子们朝夕相依，用自己宽阔的胸脯去温暖可怜小崽的小小身躯和小小灵魂……

东山母狼却警觉地发现，它的十分隐蔽的土窝外面，有一个可疑的影子在徘徊。

它安顿好它的小崽，用它的动作和简单的几句哼哼，要它们安然地待在土窝温暖的草上面，不要乱跑，不要乱叫。它则在洞口小心翼翼地观察外面的动向。

外面缓缓走动着的，是一只同样高大却瘦削的公狼，东山母狼对它似曾相识，尤其是它的那对眼白特多的眼睛，它们在以往的出猎中可能谋过面，虽没有直接的交往，但绝对是不陌生的。可是，它在自己窝洞前徘徊，有什么目的？

出于狼本性的多疑和狡黠，它不得不提防洞外的一切，包括那只莫名其妙在洞外走动的公狼。

徘徊在东山母狼窝窑之外的，是后来被青皮在野驴脖儿坑猎的涧沟公狼。

涧沟公狼在东山母狼的窝窑前整整徘徊了两天两夜。

窝口观察的母狼慢慢看出，涧沟公狼那双白多黄少的眼珠里，居然蒙着一层浓浓的忧伤，重重心事似乎淤结在那两片过多的眼白上。

母狼以静制动，大大方方旁若无物地步出属于它的窝窑，在窝前的那片空地上悄然而立。

涧沟公狼见自己的耐性终于引出了东山母狼，它白多黄少的两只眼珠忽然一亮，颠颠地走过来，用它的肢体语言表达了对母狼的关切和友好。

东山母狼毕竟不是情窦初开花蕾待放的妙龄时期，在苍狼的年岁里，它的的确确属于中年阶段了，它为东山公狼生下了五六窝狼崽，和东山公狼经历过大喜大悲大惊大险。它曾经较为柔和与细腻的皮毛现在已开始变得生涩粗砺起来，而一对弯弯的有几分俏皮有几分雪亮的眼睛里，也已深深地蓄满了漂泊与浪迹后的“内涵”，还有无情山野赋予无情苍狼的几多沧桑。它坎坷的生活经历和丰富的惊险阅历，不会被一条并不熟悉的公狼的几个动作和几个眼神轻易打动的。

它静静地，丝毫没有表示什么，动作由原来的伫立改为蹲坐了，就像一只忠诚而警惕性特高的家犬，在忠心耿耿地守护自己的家园。

涧沟公狼是执着的。面对东山母狼的无动于衷，它通过低低的嚎叫声并伴了一些表达的动作，向对面的母狼诉说了自己惨遭的不幸。自己的小狼崽被人抓获被吊示众；自己母狼的误中圈套，肺裂而亡；自己如今的无依无靠无家可归……公狼在默默倾诉里陷入了悲哀境界。它的白多黄少的眼睛里居然蒙上了一层清亮的泪光。

东山母狼一直静默着，它似乎懂得沉默是金的道理。在它多年的岁月里，如此这般的遭际它实在知道得太多太多了，谁遭遇祸患自然谁会伤心，这是没办法的事情，难道自己公狼的惨死自己会对面前的公狼诉说吗？无用，一切都是无用的，自己的悲伤自己承受，倾诉给对方，只能求得心理一时的平衡，只能稀释淤积的块垒，只能削弱内心的仇恨，还能会有什么用呢。

东山母狼默默地掉转头去，它没有跟随涧沟公狼一起悲伤，也没有同它一起愤怒，它平静得几近于木讷和绝情。它又重回到了自己的窝窑里，又让三个小崽子先后吮吸自己饱满的乳房。它现在就喜欢倾听小狼崽子们贪婪地吮吸乳头所发出的滋滋声响，这是能充分表明它母爱的声响，是充分表明它的崽子们在竞相成长的声响啊！

东山母狼满以为在它的静默之下，涧沟公狼就会那么讪讪地离去了。可是，没有，事情有些出乎它的预料。

涧沟公狼是离开了，它只是暂时离开了母狼的窝口，工夫不大，它又回来了，嘴里叼着一只肥硕的獾子，小心翼翼地，迈着轻巧的步子走到母狼隐蔽的窝口。它并没进去，没有母狼的允许它是不会贸然进去的，这样会引起母狼极大的反感，好事会被弄砸的。它似乎也懂得心急吃不了热豆腐的俗语，只是轻轻将猎获来的獾子作为第一份薄礼，呈送到母狼的门下。

涧沟公狼又悄然离去了。

这样，在以后的四五天时间里，东山母狼的窝口，会不时地有一些被咬死的小动物在那里横陈，野兔儿、田鼠、山猫子、山狍子、獾子，甚至还有一只肥刺猬……

涧沟公狼希望精诚所至，金石为开。

在动物界，一般情况下送礼物会形成一个美好结果。但是，东山母狼属于二般情况。涧沟公狼的一片赤诚，东山可鉴，苍天可鉴了，可就是没能赢得那个洞口的开启。东山母狼紧紧守护着窝口，也紧紧关闭着心灵和爱的门扉。涧沟公狼撞了几次，还是没能撞开，它灰心丧气怅然若失地离去了。

它想恢复一阵精力，养精蓄锐，等缓过神来，再重新向母狼的心扉掘进。

涧沟公狼悻悻地走到了野驴脖儿，它是带着失衡心态来到这里的。要是平常，如果看到如此可疑和蹊跷的门板，它会远远绕开的，但是，这不是平常。它今天怅惘，何况又听到了羊的啼唤，迟迟疑疑地朝门板走去，也走向了青皮为它设置的死亡之旅……

东山母狼并不知晓涧沟公狼所遭遇的变故。这一段日子它深居简出，其实完全是为了它的崽子们，只要出猎一小会儿，心里就乱糟糟的，像堵了一团羊毛。它烦躁，它担忧，为了它的小崽子，只怕它出来的一会儿时间里，它们会有什么闪失，它们会遭什么不测，它便快速返回了。即使空空而返，一旦看到生龙活虎的调皮的淘气的小崽，它紧悬的心，就放下了，落地了，踏实了。

东山母狼如此相对平静地生活了一些时日。

山野的日子，就如同山野本身的跌宕一样，不会有绝对的平静，大起大落与大惊大险，才是山野的常态。

惊险在一步步向东山母狼逼近。

那是它十分惊喜地猎获了一只狍子回来。

它嘴叼着那只半大的刚刚被它咬断脖颈的狍子，渐渐临近它隐蔽的窝穴洞口时，意外地嗅到了一股非常难闻的气味，那是陌生的气味，腥臊，恶臭。它还十分年轻的时候，生活的这片东山荒野里偶尔也有这种厌恶的气味在弥漫，那是误撞了野猪的活动区域或是撞见可怕的野猪时才可以嗅到的。那些蠢笨而脏污的家伙，通体就散发着这样的恶臭。今天，它居然在自己非常隐蔽的窝洞附近嗅到了这可恶的气味，难道——

东山母狼不敢往下想了，它担心它的小狼崽万一被那些蠢笨脏污又蛮横霸道的家伙发现，后果简直不堪设想啊！

忐忑着一颗心，它一眼看见了正在荒草丛中拱着嗅着的一头矮壮的野猪，显然，那家伙还没有发现它的窝穴，它只是嗅到了小狼崽身上的那种怪怪的奶腥味，是这种气味强烈地吸引了这头野猪，致使它兴致高涨地在草丛中拱着，一步步快接近草丛后面的窝穴口了。

不可以再犹豫了。

东山母狼放下死去的山狍，这时候有一股无形的力量在它的周身荡漾着，狼的野性的血液又一次激发起它的凶残与好斗的本能。以前，作为苍狼的它们，是从不轻易同野猪搏斗撕咬的。野猪这东西别看它蠢笨，但它蛮横粗鲁，暴烈凶狠，一旦拼杀起来，有一股拼命撕咬到底的可怕蛮劲。万一遭遇野猪，实在躲不开避不及时，狼会靠着几分机智和狡猾，同野猪周旋的，有便宜则占，没便宜则躲，瞅准一个空隙便逃之夭夭……可今天，起码是现在，东山母狼是豁出去了。它来不及思虑那么多，便一个猛烈地前扑，以迅雷不及掩耳之势，凶狠地将毫无准备的野猪扑了一大跤，且用尖利的牙齿朝野猪肥厚的脖颈咬去——

野猪吓了一大跳，随着一声尖厉的嘶叫，它的粗短的脖颈处，已有一大片皮肉被苍狼撕拽下来。但是，野猪的脖颈毕竟不像山狍山鹿那么纤细脆弱不经一咬，在坚硬的皮毛和肥厚的肌肉防护下，也仅仅受了轻伤而已。待它醒悟过来，知道遇到了苍狼时，一个滚翻很快地爬起，张开有着尖利的长长獠牙的大嘴，直向东山母狼撞去。野猪带着一股臭气，卷着一阵野风，像一团肉蛋直朝母狼弹去。尽管东山母狼的体力业已恢复，但还是禁不住野猪的这么一个猛撞，它稍稍靠边侧了侧脑袋，欲躲开这致命的一击，但它的后半身还是被撞击了一下，几乎是侧飞了起来，它斜斜地倒了，不过很快就立正了身子。

野猪的蛮力太大了，又没有真正撞到苍狼身上，惯性使它直朝前弹去。它的前面是一包土丘，脑袋直直地撞到了土丘上。

母狼在野猪又一次倒地的瞬间，瞅准时机，再次朝它流血的伤脖处咬去。

野猪一声尖嚎，身子还没起来，探出嘴巴就向母狼的脊背啃去，霎时，连毛带血的一片皮肉已被它拽拉在口中了。

这时候，母狼明智的选择就是逃跑，一是解脱自己；二是领着野猪跑离自己的窝洞。

东山母狼承受着伤痛掉头就跑，而恼羞成怒的野猪则紧追不舍。

这一片山地，东山母狼再熟悉不过了，它知道它的四只蹄爪该选择哪里，该放弃哪里。它跑了一程之后，却感觉不到后面的动静了，回头一看，哪里还有什么野猪，正狐疑间，见不远处，那头野猪正叼着方才自己放下的那只半大的山狍，乐颠颠地离去了……

第二十一章　冤家路窄，母狼移窝

原来，在猛烈追赶母狼的时候，这头可笑而有趣的野猪还忙中偷闲地注意到了它的身边，有一只在草丛卧地的山狍。这些年，在这荒山野岭里，山狍这东西实在是稀少了。这东西跑得飞快，有着敏捷灵巧的身姿，即使能偶尔撞见一只，野猪也是很难追上的。所以，能吃到山狍的鲜美的肉，成了野猪的一种奢侈享受。

受伤的野猪一碰到身边的山狍，立刻改变了主意。它脖颈处的伤口似乎也不觉得疼痛了，一口叼了山狍便乐颠颠地跑了……远处的东山母狼无奈地看到那个蠢笨可恶的家伙叼去了原本属于自己的猎获物，只能站在原地发呆。它看到那个蠢家伙肥肥大大的屁股因乐颠颠的走动还在一扭一扭地晃动，粗粗短短的小尾巴亢奋地甩了又甩，甩了又甩……

一连几日，东山母狼几乎都能看到在它活动的这片区域里，远远近近都有可怕的野猪出没，有单独的一只，也有三五只成群结伙的。它们似乎在漫山遍野地跑着，转着，又在寻找着什么。

一种前所未有的巨大的恐惧紧抓了母狼的心，它有了某种不祥的预感。

这里，它生活了多年的这里，它熟悉了多年的这里，正面临着巨大的险情。也可以说，一种巨大的危险就隐藏在它们身边，说不准什么时候，凶险会忽然降临！

东山母狼很困惑，消失多年的野猪们怎么会一夜之间又遍布了这里呢？它同时还发现，许多根本就不曾谋面的同类，许多陌生的苍狼的面孔，也频繁地出现在了它的视野里，这到底是怎么回事？

就狼的思维，它是无论如何也推测不出，这些兽类们，是从大山更深处无可奈何地迁徙过来的。它们原本也不愿意这样做，这叫作流离失所，叫作背井离乡，在这片全然陌生，举目无亲的地方，要重新构建起自己温馨安全的小窝，又是谈何容易。

东山母狼害怕野猪群发现它的窝窑，一旦发现，它的小狼崽将性命不保！

诸事猬集。

可怕的野猪们仍在踏着懒散的漂泊者的步子，在漫山遍野游荡着，搜寻着，搜寻食物，搜寻适合它们居住的洞穴，搜寻可以匹敌可以搏杀的对手。

东山母狼的窝窑再隐蔽，也难以逃过野猪们四下搜寻的一对对可恶的小猪眼，那一对对蛮横愚蠢急切而冷酷的野猪小眼窝……

离开这里，寻找新的安全的住所，成了东山母狼的当务之急。

东山母狼把它的窝窑洞口再一次用柴草遮挡好，便踏上了寻找新的家园的路程。

寻找谈何容易，要有合适的地形地势，要向阳不能过于阴暗潮湿；要较为隐蔽，不可以让其他动物一目了然；要有现成的洞穴最好有两个出口，还要有……

在反复掂量反复对比之后，东山母狼看中了一处向阳崖坡上的窑洞，那原本是人的墓洞啊，只是天长日久，岁月遥远了，洞中的棺木板子早已散架且朽污了。这里向阳，而且居高临下。据它几天的观察并未发现有其他兽类在这一带居住，可惜墓洞仅有一个入口，没有另一个出口。但它没有办法，权且只有这样了，先凑合着住下，待安定下来再寻找更合适的窝洞。

东山母狼在四周衔了许多干草，把墓窑地下铺了软乎乎一层，又用嘴巴咬断了几大蓬荆棘主枝，用嘴拖着，拖到墓洞门口，作为一个遮挡和隐蔽。

它快速跑回到原来的窝洞四周，留恋地转悠了几圈后，才朝天引脖高嗥：

嗷——呜——

嗷——呜——

东山母狼在召唤它的两个伙伴，虽不在一起居住但十分熟识。上次，当它的东山公狼受伤，并且被杆子猛追的时候，它也是如此这般地召唤它们。

在狼界，这已是一个约定俗成的规则了，几只或者几家关系融洽的狼，一旦遇到什么危险或十分难缠的困难，便可以仰天长啸召唤其他几只，它们听到这独特的叫声，便会快快赶来，以作救援的。

这其实也是一种互助与合作吧。

多少年来，狼界就维持与承袭着这种生活方式，并且，有唤必到，有求必助。

听到召唤的另两只苍狼，不知是在它们自己的窝洞或是在游猎中，吁吁喘息着，先后赶到了。它们聚到了一块，才知晓东山母狼欲搬迁的意思。

这种搬迁太容易，太简便了。三只苍狼，每只狼衔一只狼崽，一直衔到它们新的窝洞……

人们通常把狼嘴衔东西称为“叼”，叼与衔并不相同，叼并不排除伤害之意，并无珍惜爱惜成分；衔则不同，衔无损伤之意，衔恰恰有珍爱的意思。狼叼猪崽它的利齿自然要切入猪崽身体，而狼衔小狼崽是分外小心谨慎，生怕伤害到小狼崽的一点点皮毛。

三只大狼口衔三只小狼崽，翻山越岭来到北崖的墓窑。东山母狼就算暂时安顿了下来，看着活蹦乱跳的三个小狼崽，母狼的心总算平稳下来。其实，它并不满足把这样的墓窑作为它和崽子们的栖身之地，这并不符合它选择窝穴的条件。墓窑有很多先天缺陷：首先它太浅了，不符合窝洞冬暖夏凉的需要，又由于浅，也不便于藏身，有某种不安全感；其次是它仅有一个出口，一般狼窝总是有前后门洞的，能应急，关键时刻能派上用场。东山母狼只是暂时住着，在下一段出猎的日子里，寻找理想窝洞成了它的一个重要使命。

苍狼的适应性极强，在刚刚搬来的第一个夜晚，母狼尽管疲惫交加，它还是不可以安然入睡。它躺在洞口，用身躯当一扇门，护卫着酣睡的小崽们，或者轻轻站立起来，踱到窑外去，注视着附近，看看有没有值得警觉的事情。在后来的两个夜晚，它可以放心去睡了，也不必卧在洞口，而是卧在绵软的干草上，卧在小崽子们的身边……

哺育小狼崽的日子，也是狼，特别是像它这样的母狼改变生活习性的日子。以往，它是昼伏夜出的，浓浓夜色给予它保护；如今，为了小狼崽的安全，它改为昼出夜寐，这样的改变一直要等到半年之后，等到小狼崽能捕捉到小动物的时候……

东山母狼万万没料到，就在搬到墓窑的第四个夜里，在那个雷雨交加，暴雨如注的可怕夜里，会有不速之客鬼使神差地闯进它的窝窑里。在一个响雷炸过之后，一条细高的身影倏忽间也随着雷声溜进来了。火，那是一团同样令它惧怯的东西，熊熊燃着。它看清了火光映衬下的那张可怕的清瘦脸盘，那一刻它简直吓呆了。没容它反应过来，细高汉子手里的枪响了。它慌乱中夺路而逃，顾不了许多了。

那不就是杀死它的东山公狼的那个瘦汉吗！怎么又会是他，这可真是狭路相逢冤家路窄，难道他非要把它追杀至死不可吗?

不，不对！匆忙中，母狼看见了瘦汉肩上的柳条筐子。难道他要，难道他想要捕捉它心爱的小狼崽吗?

小狼崽受惊后的咕咕嗷嗷的啼唤声证实了它的猜测。东山母狼又一次冒险跑回到窑洞口，没想到又是一枪打来了，子弹在它的脑袋边嗖地划过，它不得不逃离开……

看着那一团松枝的火光，看着渐走渐远的瘦汉身影，东山母狼心如刀绞，小狼崽咕咕的啼叫声像一根根荆棘扎进它的心里。它不敢贸然去进犯那个持枪者，它只能远远跟在他的身后，走了一程又一程。

东山母狼的心，在淌血，哦，不是淌血，随着小狼崽被人掏走，它的心，也仿佛被那人掏去了。它真想扑上前去，同那个可恶的瘦汉搏个死活！可是，它的小崽们呢，小崽们会为它的莽撞而付出生命代价的。不能那样，不可以那样。面对那个愈走愈远的执拗身躯，面对这一个铁打的严酷现实，东山母狼忽然一下变得冷静下来，沉着起来，就像此时刚苏醒过来而颇显幽静的大山一样。一个计策，一个决断，伴着黎明的淡淡雾幕罩在了它的脑袋上。它在雾幕里走着，那个计策越发清晰了起来，似乎照亮了前面的山路……

东山母狼朝山下碎步小跑着。

第二十二章　亘古奇谈，苍狼救崽

杆子从镇子上回来，一脸的喜色。

杆子没想到会这么顺手。

挎着三只小狼崽，他有些忐忑地绕过村边。还好，除了村校的闵先生，他没碰到其他人，只是他感觉闵先生看他的眼光怪怪的，尤其眼光落在他肩挂的柳条筐子上，有一些疑惑。还好，他们只是擦肩而过，而闵先生也不是多事之人，杆子的心，算是平复了，算是过了村边这一关。

镇上的人不算很多，今天不是逢集日，这就好，要是逢集了，人多了，不免会碰到古塬村的人。人多眼杂，让人看到他杆子背了柳筐进了山货行，指不定会说些什么，然后传到王社火的耳朵里，他实在不想让人知道，他杆子悄悄地卖掉猎获来的狼崽。

山货行里的人也不算多。杆子认识的那个收购员老胡正在收四乡村民采集来的土药材。老胡胖胖的一张脸上，有几粒汗珠悬挂。他嘴角叼一支烟，一只耳朵根上也夹着白白的一根。

杆子忽然想起什么，踱到大门口的摊儿前，在衣袋里摸了又掏，拿出一毛五分钱来，买了一包“黄金叶”。

他耐心地等老胡打发完卖药材的，才走过去，递给老胡一支白花花纸烟，同时，将他的柳条筐子也展示在老胡面前。

老胡立时被三个毛茸茸的小狼崽吸引了，口里喷着烟圈说道：杆子，还是你狗日的能啊！马吃野草咧，马吃野草咧！

老胡答应一只小崽给他十块钱。

杆子坚持一只要十二块。

讨价还价中，杆子将衣袋里捏出手汗的那包黄金叶塞进老胡的衣袋里。

老胡居然答应了，骂一句狗日的杆子真能！给杆子开了一张领取三十六元的条子。

杆子在会计处领上了三十六块钱。

从清早到现在杆子滴水未进、点米未沾，这会儿肚子忽然饿了，他就是想喝一大碗羊杂碎，以前来镇子上经过杂碎摊，那香味让杆子能瘫倒。不过，他还是一次次咽着口水走开了，他舍不得花那一毛五分钱。今儿个杆子要奢侈一下，要了一大碗羊杂碎，还要了两个火烧，泡着，加了两次汤，美美地吃了个肚子圆。

杆子咂巴着嘴，此时他很理解苍狼，怪不得，怪不得狗日的大苍狼一次次地叼走青皮的羊哩，连狗日的羊下水都这么好吃，那成块成片的羊肉就更可口咧！怪不得，怪不得狗日的苍狼！

杆子走进商店，转悠了三圈，决定给儿子梁梁买一把玩具手枪。那手枪黑亮亮的，一打一个响儿。儿子可能受他的影响，闲下来就玩打苍狼的游戏，梁梁还嚷着让杆子给他做一把木头手枪，玩起来带劲儿。杆子一直没兑现，今儿，就买一把铁手枪回去，让小家伙乐吧！

杆了给儿子起名叫大梁，是有典故的。杆子讨厌老爹给他起的这个名字，叫什么杆子杆子，不就是杏儿熟了敲杏儿枣儿红了掴枣儿的杆子吗，柳木杆子杨木杆子槐木杆子再加上榆木杆子，能出息到哪里去？杆子之所以过着这样的窘迫日子，都是老爹在世时起的这个不雅的名儿，这个倒霉的名儿。轮到杆子给自己的儿子起名儿了，杆子就慎重起来。杆子想，杆子是不成材器的料儿，说到底也是一根棍棒而已。他忽然想起了大梁同样是木的，大梁是家里房屋的大梁，也可以是国家的大梁，栋梁之材吧！带着对故去老爹的一丝报复，他给自己的孩娃起名大梁。

杆子喜滋滋地一进村，迎面就碰见了从家里拿了猎枪出来的古塬生。见古塬生如此慌张的模样，杆子还打趣说：塬生，你慌里慌张又去追狼呀？

古塬生气不打一处来：好你个杆子哩，你偷人去啦，你当贼去啦，你到现在了还能顾得上打哈哈哩，大梁前一会儿让狼给叼走啦，我这是去追狼呀！

啊！

杆子脸色陡变，煞白煞白。

古塬生给杆子说了个大概。

我的梁梁呀——我的儿疙瘩——

杆子放声哭喊，古塬生赶忙扶了他，二人一起朝东山追去。

杆子哥——

二人跑着，听见后面有人唤，是青皮背了步枪也喘喘地赶上来。青皮刚听说了梁梁被狼叼走的事情，安慰了杆子几句，三人飞似的朝坡上跑去……

他们毕竟年富力强，又经过了打狼岁月的锤炼，翻山越沟的速度肯定超越常人。尽管被二人劝说过，杆子还是沉不住气，他不住地叫着梁梁——梁梁——形如一只高大的瘦驼，杆子跑到了二人的前面。

绕过一道山梁，杆子三人看见早他们上得山来的闵先生、王社火，还有杆子女人一帮人。跑到这么远这么高的山梁上，他们都喘得跑不动了。有两三个较年轻的媳妇，照护着哭得没了气力的杆子婆姨，在山梁边的一棵大树下坐下了。

王社火对赶上来的杆子青皮古塬生说：你们快往前跑吧，今儿这只苍狼跑不快，我们一直能看到它叼着梁梁的影子，它至今还没有换口，追得快了，一定会救下孩娃的。你们追紧些，拐过这道山弯，就又会看到那家伙了，你们快追，我和闵先生随后就到。

三人听罢，没有言声，点点头接着追。

正如王社火所说，刚拐过那道弯弯的山梁，他们果然看见了那只叼着孩娃的苍狼。那家伙跑一段还要转回脑袋看一看，看后面追来的人群。人群追得快了，它就快快地跑一程；人群慢下来，它的步子也缓慢下来。

杆子清晰地看见，苍狼衔着梁梁的脖颈。而梁梁的身子，被苍狼搭在腰背上。跑了一程之后，梁梁的双臂居然搂着苍狼的脖颈，双腿却叉着，蹬在苍狼的后胯上，小小的身子贴在苍狼的肚腹下。

是的，梁梁还活着！梁梁还活着！杆子指着前面的苍狼，对青皮和古塬生说。

青皮和古塬生自然也看到了那个令他们惊讶不已的情状。

梁梁依然活着，这一点激发了三个人誓死救孩娃的决心，都咬咬后牙关子，鼓着心劲赶前去了。

苍狼见新追上来的这一组跑得好快，身上又带着枪支，撒开四蹄紧跑了一阵。

打狼啊——打狼啊——

快放开娃娃——快放开娃娃——

三人跑着，呼喊着，企图用喊叫声，惊吓苍狼，从而使它放下梁梁。

苍狼依然如旧地跑，或快或慢。

杆子哥，咱敢放枪吗？朝天放几枪，看能吓唬住那家伙吗？

青皮请示杆子道。

杆子这会儿还有什么好办法呢，只能点点头。

乒——乒——

轰——轰——

……

一时间，清脆的步枪声和沉闷的猎枪声响成一片，震撼着东山山峁。

照常理，狼在这样追而不舍下，在这样的枪声胁迫下，会扔下孩娃，顾自逃命去的。可是，今儿怪了，这只苍狼固执地叼着孩娃，就是不松口，当然，也不换口。它就那么一直跑着，跑着，并和追赶者一直保持着一段几乎相同的距离。

这可真日怪了。三人这么想。

苍狼一直跑到了野驴脖儿，跑到了那个一边是高崖，一边是深涧的野驴脖儿。它朝四下看了看，选择了一个它以为不错的位置，然后，停下了。同时，它也放下了口中的梁梁。

好半天，梁梁才哭出了声。

能哭出声的梁梁却动弹不得，因为，苍狼放开他的时候，把一只前蹄紧紧地踏在他的背上，使他不可逃脱。

哇——哇——

惊怕与憋闷了好久的梁梁此时才能大声哭。

杆子几人赶来了，看到眼前的情形，惊骇而困惑。

苍狼凶狠地面对着他们，示威性地长嗥一声。它吐着舌头，扬着脑袋，那意思是非常明白的。不让他们再朝前跨越一步，就原地站着。

三人只好原地站着。

苍狼的身边，是万丈悬崖。如果他们再往前逼近，被逼急的苍狼会把梁梁一口甩到悬崖下面的，他们不得不停下来。

啊——

青皮惊叹一下，他低声对杆子和古塬生说道：我认出来了，是我在东山山峁上一铲砸伤前腿的那只母狼。好狗日的，真是冤家路窄哩，怎么就没把它弄死呢？

杆子眼拙，没能认出眼前这狼就是昨天夜里他在墓窑里遭遇到的那只狼，就是他掏走人家小崽的那只母狼。再说，在那样落雨的黑夜，打着火把的他，根本不可能记住这只狼的特征。

是吗？杆子听罢细看，只见那只母狼身躯高大细长，瘦削，从骨骼四肢上，却能看出它浑身散发着的威仪和肌肉展示着的力度。

啊！是那家伙，它缺着一只耳朵，上次打公狼时，有一枪打了它的耳朵，怎么会是那只狼呢？真是凑巧啦！杆子惊叹着。

它就是东山母狼。

人与狼，就隔那么十几步远，一时间对峙开来。

其实，人和狼都跑得非常累，借了这对峙的片刻，都在大口地喘气。

这时候，后面的闵先生、王社火和杆子女人及其他汉子婆姨家，已陆陆续续赶上来。

人群黑压压一片，集聚在野驴脖儿的这一边，东山母狼和它爪下的梁梁在野驴脖儿的中段儿，也是最狭窄最险要的一段儿。

杆子，这，这不就是那只狼吗，那只叼走你家猪娃子的苍狼啊……只是，只是它比半年前少了一只耳朵。

王社火惊讶地说了一句，因为他惊讶地看出了这只似曾相识的苍狼，是半年前他和杆子曾在东山坡上追赶过的。

杆子听罢，更是悲愤难当了，他狠狠地骂道：叼走我的猪娃儿还不算，还要叼走我的孩娃儿，狗日的咋就和我过不去哩！今儿个它敢把我的梁娃儿伤了，我非要它个死活不行，狗日的呢！

这时候杆子只顾了愤愤地骂。经他这一骂，他的婆姨又抽抽搭搭哭开了——

梁娃儿呀，我的梁娃儿呀，我咋就这么苦的命呀！这遭天杀的死狼咋就叼了我的肉疙瘩呀！

啊，啊，啊……

婆姨家围了上去，对杆子女人又是一阵阵慰劝。

闵先生沉默了半晌，这时他很沉静地说：我觉得，这只狼今儿个好生奇怪。一路上，它跑得很慢，我们追快了，它才快，我们跑慢了，它又慢下来，并且跑跑停停，和咱们保持着不近不远的距离，好像要引我们到个什么地方。还有，它一直没有对梁儿下口，这会儿，又十分奇怪地停在这个野地方，把梁梁踏在蹄子下面。它好像，好像要告诉我们什么，要让我们明白什么。要让我们明白什么呢？这可真是一团谜了。你们让我好生想想，让我好生想想，这肯定是有原因的。真的，有时候狼是有灵性的。只是，我们还没有明白这狼现在的意思，还没有理解狼……

王社火铁青着脸，没去理会闵先生的话，而是转过头来，眼睛寻着了青皮的眼。他说：青皮，枪里装着子弹吗？

青皮答：装着呢，早就装好嘞。

王社火说：就这么远的距离，你能保证一枪打死这只苍狼吗？

青皮有些犹豫，迟疑了一下，说：要是在平常，是很有把握的。可是，梁儿如今就在狼脑袋下边，偏一点点，或低一点点，就怕伤到孩娃。这，这就不敢保证了……

青皮很有些惭愧地说。

王社火的脸黑了一层，把眼睛盯到古塬生的脸上。

塬生，你有无把握？

我？

古塬生有些慌乱，他忙说：我这可是猎枪，打出去是一大片，这怎么可以……

王社火不耐烦地纠正道：谁要你打猎枪，我是说步枪，打步枪。

头儿你知道，我一直是打猎枪哩，步枪很少抓握过，哪敢有把握呢。

古塬生眼光躲闪着，不敢去看王社火。

无奈，王社火把眼光落在杆子脸上。

沉住气，就只有你打了，你的枪法好，你别把野狼身体下的梁梁当作你的孩娃儿，你把他当作随便一只小猪小羊。这样，手就不会抖了，王社火鼓励地看着杆子。

杆子试着拿起步枪，端平，放直。可是，杆子的手抖了，双臂也抖起来。

没办法，这是个心理问题。

王社火把杆子推到一边，他把自己的那杆步枪端了起来。

王社火在瞄准。

东山母狼这时候看出了情况。它原来是用蹄爪按着梁梁的脊背，这时候它蹲坐起来，且用爪子把梁梁也扶起来。梁梁就站在它的胸前了。

爸爸——爸爸——我怕——我怕，哇——哇——

梁梁凄厉地哭叫着，但梁梁不能走动，东山母狼的一只爪子死死控制着他。

人们这次更清楚地看到，这是一只苍灰色的大母狼，它腹下的乳头，胀得紫红紫红。

东山母狼既不拼死向人群发起进攻，也绝不畏缩后退，而是朝着人群，朝着苍天，朝着苍苍茫茫的东山，发出一声又一声嗥叫。

那是凄惨的嗥叫，那是乞怜的嗥叫，这叫声直让人听了抓心挠肺。

闵先生轻轻压下了王社火端枪的双臂。人们的眼窝全朝了闵先生看去。

闵生灵先生缓缓地说道：这只母狼实在没有伤害梁梁的意思，要想伤害，这么远的山路它早就下口了，还能等到现在？依我看来，这只母狼定是发生了什么特别伤心的事情，而这事情恰好和我们有关系。你看，它一直把梁梁作为一种人质，它在等待着或乞求着与我们进行一种什么交换。它是一只母狼啊，最让它伤心的，莫过于丢失它的小狼崽。换句话说，我们中间，有人掏过狼窝捉了它的小狼崽了。杆子，是不是你掏了狼窝捉去了它的狼崽？今儿早上我见你背着的柳条筐子里，咕儿咕儿有哼叫声，是吗？这会儿，可不敢再迟疑了……

可不是吗，可不是吗！杆子一拍大腿，眼光怯怯地看了王社火一下，说：我昨晚在这座山腰的北崖土洞里捉了三只狼崽，今儿一清早就卖给镇子上的山货行了，难道是这只母狼的狼崽？怪了，它咋能，咋能……

大伙至此明白了事情的大概，惊、骇、疑、叹，不一而足，纷纷催促杆子，赶快到镇上去，把胡老板收去的小狼崽快快抱回来，怕时间拖久了夜长梦多。

王社火就吩咐青皮和杆子一块去镇上，越快越好，古塬生和他留下来，继续和东山母狼对峙。不怕一万，就怕万一。

时间在苍茫的东山上噌噌地过去了，在野驴脖儿，在人群与野狼的漫长对峙中，悠悠地过去了。一个小时，又一个小时，人群里只有小学校长闵先生有一只怀表，他不时地掏出来，焦急地看一看。两个半小时后，东山母狼声嘶力竭地又一阵长嗥，同时用两只前爪把地上的梁梁按得哇哇直哭。大伙心里明白，这是东山母狼的最后通牒，如果现在还不见它的狼崽，它对小梁梁就不会再客气了。

杆子和青皮匆匆赶回来了，带回来了柳条筐里的三个小狼崽。

东山母狼一下不叫了，它已经嗅到了小狼崽的气息，此时它竖起唯一的那只耳朵，两眼焦急地注视着人群。

青皮欲挎柳筐往前走，被杆子一把拽住，同时也夺过筐子。他对青皮说：是我系的疙瘩，还是由我解开吧。

杆子提着柳条筐子，一步步朝野驴脖儿的中段儿走去。

东山母狼此时发出了殷切的嗷儿——嗷儿——的啼唤声。它唤着，一只爪子还没忘记紧紧按着地下的梁梁。

柳条筐里的小狼崽听到了母狼的啼唤，一时间吱吱哇哇哼成了一团儿。

东山母狼瞪大一对狼眼，紧张地注视着筐子，注视着提筐的杆子。

在距母狼还有六七步的地方，杆子停下了脚步，同时，把柳条筐放在脚边。

杆子小心翼翼地掏出第一只小狼崽。那毛茸茸的小东西适应了一下光线，抖了抖毛发，受了委屈似的哼叫着，径直朝母狼蠕动而去。

东山母狼亦哼叫着，用一只前爪把它拢进了怀里。母狼仍死死盯着柳条筐。

杆子又掏出第二只小狼崽，放它过去了，第二只小狼崽也拱进了母狼的怀里。杆子没有立刻去掏第三只，他多了个心眼儿，他得防着这狼。

东山母狼急切而仇恨地盯着他，又发出了示威性的叫声。

杆子一手按着筐口，另一只手指着母狼一只爪子仍死死按着的儿子梁梁。杆子用手指指着梁梁，又收回手来指着筐里的最后一只小狼崽。

杆子的意思再明白不过了——

东山母狼犹豫了一下，最后还是缓缓地抬起了那只按着梁梁后背的爪子。梁梁挣扎着爬了起来，他已非常疲惫了，又受了如此惊吓，趔趔趄趄朝杆子走来。

与此同时，杆子掏出了最后一只狼崽。

杆子抱起儿子的时候，东山母狼也已经把第三只小狼崽拢进怀里。只做了短暂的停留，东山母狼便引着三个小狼崽，走过了野驴脖儿，瞬间便消失在苍茫的东山里了。

梁梁还好，脖颈处和下巴上各有一排牙伤，那是被母狼叼衔时咬下的，好在仅仅伤了皮肉，未伤筋骨。杆子和婆姨以及所有赶来的人们，庆幸着梁梁的命大，同时也被这一场旷古罕见的人质狼崽的交换震惊着，久久不能平静。

人们默默地下山。这会儿，闵先生抱着已睡着了的小梁梁，走在人群前面，杆子、青皮、古塬生和王社火他们跟在闵先生后面。他们的脚步有些沉重，同脚步一样沉重的，还有一颗颗古塬人的心。

日头就要落山了，又一个不甚平静的夜晚就要到来。此时巍峨的东山和坦荡的古塬笼罩在苍茫的暮色里。